산책하는 침략자
散歩する侵略者

SANPOSURU SHINRYAKUSHA

ⓒ Tomohiro Maekawa 2017
Korean Translation rights arranged with HB Inc., Tokyo.

산책하는 침략자
散歩する侵略者

마에카와 도모히로
前川知大

이홍이 옮김

최재훈 그래픽

일러두기

이 책의 저본은 연극 〈散步する侵略者〉(제작 HB Inc.)의 2017년 대본이
다.

등장인물

카세 나루미: 신지의 아내.

카세 신지: 나루미의 남편.

사쿠라이 쇼조: 기자. 경찰 출신.

후나코시 아스미: 나루미의 언니.

후나코시 히로키: 아스미의 남편. 경찰. 사쿠라이와 예전 동료
사이.

아마노 마코토: 고등학생.

타치바나 아키라: 전문대학 학생.

마루오 세이치: 무직.

하세베 와타루: 마루오의 후배.

쿠루마다 칸지: 의사.

줄거리

바다에 면한 작은 항구 마을 콘린초. 카세 신지는 사흘간 행방불명된 뒤로 전혀 다른 사람이 되어 발견된다. 의사는 그를 진찰하고 뇌질환으로 진단한다. 그전까지 결혼생활이 순탄하지 않던 나루미는, 새로 태어난 사람 같은 신지를 돌봐야 한다는 사실에 은근히 기대를 갖는다.

같은 시기, 시골 마을에 어울리지 않게 처참한 사건이 일어난다. 어느 할머니가 일가족을 잔혹하게 살해하고 스스로 목숨을 끊은 것이다. 가족 중 유일하게 살아남은 손녀는 신경쇠약으로 병원에 입원해 있다. 그리고 그 후, 마을에 기묘한 병이 퍼진다. 특정 개념이 머릿속에서 사라지는 병으로, 신지의 증상도 이것과 비슷하다. 의사인 쿠루마다는 알 수 없는 이 전염병에 골치가 아프다. 게다가 이웃 나라와의 군사적 긴장이 고조되면서, 마을은 불길한 기운에 휩싸인다.

콘린초는 동맹국의 대규모 군사기지가 위치해 있는, 전략적으로 중요한 지역이다. 정치적인 문제에 대한 관심 때문에 마을로 취재를 온 사쿠라이는, 외계인을 자처하는 아마노라는 소년을 만난다. 아마노는 일가족 살인 사건에 관심을 보이며, 자신이 이 사건의 유일한 생존자 타치바나 아키라의 동료라고 말한다.

한편, 카세 신지는 일을 그만두고 매일 어슬렁거리며 산책을 하고 있다. 그래도 뇌질환은 눈에 띄게 좋아지고 있다. 그러던 어느 날, 신지는 나루미에게 고백한다. 실은 자기가 외계인이라고.

작가 노트

- 장면의 전환은 신속하게 하는 것이 바람직하다. 전체적으로 완급 조절을 하기 위해 혹은 시간이 흐르는 것을 보여주기 위해, 몇 차례 암전을 추가해도 좋다.

- 지문에 등퇴장의 지시를 거의 하지 않았기 때문에 연출로 결정한다. 기본적으로는 대화에 참여하는 인물들로 장면이 구성되며, 대화가 끝나면 퇴장한다. 하지만 각각의 장소에서 여러 상황들이 진행되는 군상극이 펼쳐지기 때문에 반드시 이 규칙이 적용되지는 않는다. 예를 들어 2017년 공연 때에는 대화가 진행되는 장면 뒤로, 그 앞의 장면 또는 그 뒤의 장면 속 등장인물들이 다른 공간에서 각자의 시간대를 보내고 있는 것이 배경으로 펼쳐졌다. 이를테면 산책하는 신지, 고통스러워하는 아스미, 병원에 있는 쿠루마다와 아키라, 배회하는 아마노 등이 있다. 상황이 서서히 진행되고 있는 것을 시각적으로 겹쳐지게 표현했다.

1

해안선. 밤이다. 사쿠라이의 시야로, 터벅터벅 걷고 있는 카세 신지가 들어온다.

신지의 옷은 더럽고, 맨발 차림이다. 발뒤꿈치에 피가 맺혀 있다. 그는 금붕어가 담긴 비닐봉지를 들고 있다. 사쿠라이는 궁금한 마음에 신지에게 말을 건다.

사쿠라이   저기요, 괜찮으세요?

신지   괜찮아요.

사쿠라이   뭐 하시는 거예요?

신지   산책이요.

사쿠라이   발에서 피 나는데요.

신지   그러게 말이에요, 귀찮아 죽겠어요.

마치 남의 얘기를 하듯 말하는 신지를 보고, 사쿠라이는 어딘가 위화감을 느낀다.

사쿠라이	음. 아프지 않아요?
신지	아파요? 아프다, 아파요.
사쿠라이	네~ 아파요~ 근데, 뭐 하시는 거예요?
신지	산책이요.
사쿠라이	그죠. …음, 병원이랑 경찰서 중에 어디가 좋을까요?
신지	아~ 그냥 마음대로 하세요.
사쿠라이	그럼 일단 경찰서로.
신지	뭐 좀 물어봐도 될까요, 이 사람, 아세요?

신지는 금붕어가 담긴 비닐봉지를 들어 보인다. 사쿠라이는 금붕어를 골똘히 본다.

사쿠라이	아, 그건… 금붕어예요. 사람이 아니라. 저도 여기 온 지 이제 3일 됐거든요, 죄송해요.
신지	그래요?
사쿠라이	동물 가게 가면 비슷한 거 있지 않을까요? 흔한 종이니까요. 여기 잠깐 계세요, 금방 차 가지고 올게요, 알았죠? 같이 가는 거예요. 근데요, 그 금붕어 죽었어요.

신지는 신기한 듯 금붕어를 본다. 암전.

2

병원. 병실 침대에 앉아 있는 카세 신지. 그 곁에서 카세 나
루미가 그를 쳐다보고 있다.
신지는 환자복을 입고, 양쪽 발뒤꿈치에 붕대를 감았다.

나루미   신지. …신지?

신지   네. 왜요?

나루미   "왜요"라니. 나 알아보겠어?

신지   네, 카세 나루미 씨죠. 오랜만이에요.

나루미   아… 응. 음, 자기 이름 말해볼래?

신지   나는 카세 신지라고 해요. 당신이랑 이름의 일부
            분이 같아요.

나루미   당연하지, 우린 부부니까. 장난치지 마.

신지   장난 안 쳤어요.

나루미   …나 갖고 노는 거야?

신지   안 노는데요.

나루미	그만 좀 해.
신지	화났어요? 그럼 사과할게요.
나루미	잠깐만 신지, 진지하게 좀.
신지	…진지하게 좀, 뭐요?
나루미	…저기, 이거, 갈아입어. (옷을 침대 위에 놓는다)
신지	갈아입어?
나루미	옷. 자기 거야.
신지	내. 옷. 이것이.
나루미	잠깐 선생님이랑 얘기 좀 하고 올게.
신지	그러세요.

신지는 옷을 갈아입기 시작한다.

나루미는 쿠루마다와 이야기하러 진료실로 간다. 신지는 두 사람의 대화를 듣지 않는다.

쿠루마다	남편분은 좀 어떠세요?
나루미	그게요… 사람이 완전히 달라졌어요.
쿠루마다	저리지도 않고 마비증세도 없고, 혈관성 뇌질환도 아닌 거 같거든요. 사람이 달라진 거 같다고 하시니까, 그럼 알츠하이머일 가능성이 높은데. 근데 뭐가 됐든, 질환이 있는 경우는 찍어보면 보통 뇌가 위축되어 있어요.

나루미	그런데요?
쿠루마다	특별히 이상은 없더라고요. 그런데 증상을 보면 아니고. 음. 행방불명되기 전에 무슨 전조증상은 없었어요?
나루미	글쎄요.
쿠루마다	가끔 멍─하니 있거나.
나루미	음…
쿠루마다	몸을 못 가누거나 물건을 떨어뜨린다거나.
나루미	글쎄요, 그랬었나.

나루미의 말도 어딘가 모호하다. 쿠루마다는 그녀도 신기해 보인다.

쿠루마다	저기요, 이게 굉장히 중요한 거거든요. 작은 거라도 좋으니까 평소에 이상했던 거나 달라졌던 거라도─
나루미	몰라요. 거의 별거한 거나 마찬가지라. …죄송해요.
쿠루마다	아뇨…
나루미	3일 동안 뭐 했대요?
쿠루마다	산책을 했대요.
나루미	산책이요? 밖에서 걷는 그 산책이요?
쿠루마다	네. 3일을 계속 걸었나 봐요. 발꿈치가 구두에

쓸려서 너무 심하게 까졌더라고요. 밥도 안 먹은 것 같고, 몸이 많이 약해진 상태였죠.

나루미 병원은 자기 발로 온 거예요?

쿠루마다 아니요, 경찰이 일단 보호조치 했는데. 아무래도 좀 이상해 보였나 봐요.

나루미 네에…

쿠루마다 그냥 일시적인 거면 다행인데, 그게, 만약에 진행성이면 앞으로 여러 가지로 준비하셔야 돼요, 마음 단단히 먹으세요.

나루미 그게 무슨 말이에요?

쿠루마다 가족분들이 도와주셔야 돼요, 간병을.

나루미 …간병이요.

쿠루마다 네.

나루미는 간병이라는 말에 놀라, 머릿속이 멍해진다.
쿠루마다와 이야기를 마치고, 나루미는 다시 신지가 있는 병실로 간다.
신지는 서툴게 옷을 입고 있다.

나루미 회사 어떡할 거야? 들렀다 갈까, 지금?

신지 회사. 회사는 안 가요.

나루미 자기가 전화해. 난 싫어.

신지 뭐가요? (넥타이를 매려고 목에 건다)

16

나루미	회사. 단추. (신지는 셔츠 단추를 잘못 채웠다)
신지	응?
나루미	단추 잘못 끼웠잖아.
신지	아아. 어?
나루미	단추 잘못 끼웠다고!
신지	아아, 네. 그렇구나. (나루미는 넥타이를 벗긴 다) 아아.
나루미	회사 안 간다며.
신지	네. 고마워요. (미소 짓는다)

나루미, 앞으로의 일을 생각하자 막연한 불안감이 엄습해와, 한숨을 쉰다.

신지	왜 그래요?
나루미	그게… 어떻게 대해야 될지 잘 모르겠어.
신지	신경 쓰지 마세요.
나루미	저기, 신지라고 해도 되지?
신지	그럼요. 카세 나루미 씨.
나루미	응, 그럼 일단 존댓말 좀 그만 쓸래? 풀네임으로 부르지도 말고.
신지	그래, 알았어. 그럼 뭐라고 부르지? "나루미"라 고 하면 되나? 아니면 나루미 양? 나루미 씨?
나루미	아, 응, 그냥 평소대로 나루미라고 하면 돼.

나루미는 예측할 수 없는 신지의 말과 행동에 당황한다.

신지   나루미와 신지네.

나루미   응, 그러네. …근데, 정말 신지야?

신지   그럼~

나루미   신짱?

신지   네~

나루미   신짱이라고 하면 싫어했잖아.

신지   그랬어?

나루미   진짜 왜 그래? 나 심각해. 기억은? 기억은 있
         지? 장난치는 거 아니지? 정말 어디 아픈 거야?
         뭐야? 응? 이러지 마 정말.

신지   …이러지 마? 뭘? 그리고 무슨 질문부터 대답해
         야 돼?

나루미   진짜 너무한다.

신지   뭐가?

나루미   뭘 "뭐가"야. 아무것도 모르는 사람처럼.

신지   나 다 기억해.

나루미   그렇게 자기만 전부 리셋하고 오면 다야? 왜 그
         래? 난 어떡해? 갑자기 병 걸렸다고 그러면…
         너무 못된 거 아냐?

신지   못되다. …미안해. 질문의 의미를 잘 모르겠어.

나루미는, 난처해하는 신지를 바라본다.
나루미는 신지에게 다가가, 단추를 다시 채워준다.

신지 고마워.

나루미 신짱. 이제부터 신짱이라고 부를게. 괜찮지?

신지 응.

나루미 신짱, 내가 누구야?

신지 나루미.

나루미 응 맞아, 그런데 그거 말고 또 있잖아.

신지 사람, 여자, 일본인, 생년월일은―

나루미 그거 말고, 난 당신의, 뭐야?

신지 음― 질문의 의미를 모르겠어.

나루미 난 당신의 아내야, 마누라, 배우자, 알겠어? 신
짱, 내 말 잘 들어. 이제, 어쩌면 앞으로 쭉 내가
자기를 돌봐줘야 돼. 그러니까, 이제부터 내 말
잘 들어야 돼. 알았지? 부탁할게. …괜찮아, 나
도 리셋할게. 아마 지금 제일 힘든 건 자기일 테
니까. 그러니까 우리 잘 해보자.

신지 … (말똥말똥 나루미를 쳐다본다) 너는 좋은 사
람이구나.

나루미 뭐?

신지 부탁이 하나 있어. 내 가이드가 되어줘.

나루미 가이드?

신지	응. 나랑 한 팀이 되는 거야. 마침 가이드를 찾고 있었거든.
나루미	가(이드)… 뭐라고?
신지	너는 날 돌봐주는 거야. 잘됐어! 너는 내 가이드야. 잘 부탁해. 이제부터 우린 쭉 같이 있을 거야. 잘 부탁해.

나루미는 황당해서 할 말을 잃는다.

3

나루미의 친정집. 이곳은 후나코시 일가의 집으로, 카세 부부의 집에서 가깝다.

지금은 나루미의 엄마와 아스미, 처가살이하는 아스미의 남편 히로키가 살고 있다.

거실. 나루미, 아스미와 히로키가 있다.

아스미   가이드? 뭐야 그게. 무슨 가이드?

나루미   나도 잘 모르겠어.

히로키   음~ 근데 뇌질환이라면서 뇌에 이상이 없다는
        게 말이 돼?

나루미   네, 다른 검사 결과도 기다려봐야죠.

아스미   정신적인 문제 아니야?

나루미   정신적으로는 멀쩡하대.

아스미   저게? 야, 정신 차려. 다른 병원에도 가봐야 되
        는 거 아냐? 여러 군데 돌면서 진찰받는 거 요즘

	아예 단어가 있던데, 뭐더라… 그거, 그치?
히로키	병원 쇼핑.
아스미	응, 그거. 조금 멀긴 해도 거기 괜찮지 않았어? 작년에 엄마 입원했던 데.
나루미	됐어, 모레 재검사도 잡혔어.
아스미	그래?
히로키	그래도, 아직 원인을 모른다며.
나루미	흐음.
히로키	…그런데 참 덩치만 큰 어린애 같아졌네.
나루미	정말 그래요. 뭐든 궁금해하고. 어제도 슈퍼에 데려갔더니 너무 좋아하더라고요. 생선 가게에서 어찌나 질문을 하던지. 방어랑 마래미랑 뭐가 다른 거냐고요.
히로키	(웃음) 다르기는 무슨.
나루미	(쓴웃음을 짓는다) 그러게 말이에요.
아스미	다르지.
히로키	어? 똑같은 거잖아.
아스미	그래도, 이름이 다르다는 건 다 이유가 있는 거야.
히로키	무슨 이유?
아스미	크기가 전혀 다르잖아. (나루미에게) 그치?
히로키	그래도 같은 생선이잖아.
아스미	다르거든. 방어는 출세한 애들이거든.

히로키	아~ 난 출세해도 이름 안 바꿀 건데.
아스미	바뀌지. 순사부장, 아니면 경장.
히로키	뭐야, 방어랑 마래미가 직함이었어?
아스미	그게 아니라. 맛이 다르잖아.
히로키	거의 비슷해.
아스미	아 됐어, 내가 지금 가서 사올게. 오늘 저녁은 방어랑 마래미야.
히로키	뭐 그럴 거까지.
아스미	알았지? (나루미에게) 너도 신지 씨랑 먹고 가. (히로키에게) 자기는 방어랑 마래미 차이도 모르니까, 앞으론 괜히 초밥집 가서 어쭙잖게 잿방어 제일 좋아한다는 소리 하지 마.
히로키	우리 생선 얘기 그만할까?
아스미	나루미, 저녁 괜찮지? 가끔은 신지 씨도 같이 먹으면 좋잖아.
나루미	아, 응.
아스미	아무 때나 와도 되니까. 혼자 힘들어하지 마.
히로키	맞아.
나루미	고마워.
히로키	그런데 3일이랬지? 무슨 일이 있었던 거지?
나루미	산책했다고만 해요.
히로키	실종된 날이 언제였지?
나루미	일요일.

히로키	마을 축제 날이네.
나루미	거기 갔었나 봐요.
아스미	그날 우리도 갔는데. 신지 씨 봤어?
히로키	아니. 그런데 그런 얘기는 어디서 들었어?
나루미	경찰서에 보호조치 됐을 때, 금붕어를 들고 있었 대요. 축제 때 종이 숟가락으로 건지면서 노는 거 있잖아요.

신지가 방 안으로 들어온다.

아스미	안녕하세요, 신지 씨.
신지	아아, 안녕하세요. 잘 지냈어? 편하게 있어.
아스미	여기는 우리 집이에요.
신지	그런가? 그렇구나.
히로키	하하… 여기가 어딘지 알겠어?
신지	응. 나루미 친정집이잖아.
아스미	어, 그건 아네.
신지	잠깐만, 나 괜찮다니까, 아무 문제없어. 알았지, 아스미?
나루미	아스미 씨라고 해야지. 왜 갑자기 반말이야. 아 스미 씨.
신지	아스미 씨.
아스미	저는 아스미 씨고요. 이 사람은?

신지	히로키.
나루미	히로키 씨.
신지	미안해, 히로키, 씨. 실수했어.
히로키	하하, 굉장히 솔직해졌네.
나루미	죄송해요.
히로키	아니야, 괜찮아.
신지	지금 왜 사과했어?
나루미	나쁜 마음은 없어요, 미안해 언니.
아스미/히로키	괜찮아, 괜찮아.

히로키와 아스미는 신지의 언행에 어떻게 대응해야 할지 어려워한다.

히로키	힘들겠다.
나루미	(쓴웃음) 하하.
신지	뭐가, 왜?
히로키	아니, 여러 가지로.
아스미	신지 씨, 괜찮아, 신경 쓰지 마, 신지 씨는 아픈 거니까 잘 모르겠으면 뭐든 물어봐요. 우린 가족이니까.
신지	가족? 너희가?
히로키	그럼~
신지	음~ (생각에 빠진다)

나루미	아아 또 시작이야.
아스미	어?
신지	그럼 이것 좀 가르쳐줘. 아스미 씨 히로키 씨는 나한테, 뭐야?
나루미	미안해.
아스미	아니야, 뭐가.
신지	두 사람은 부부지. 나랑 나루미랑 똑같아. 그리고 아스미 씨는 나루미의, 언니야. 그리고 히로키 씨는 나의, 형이야. 정말이야?
아스미	그렇지. 정답, 맞췄어.
히로키	혈연관계 물어보는 건가?
신지	아아, 맞아맞아, 혈연. 그것도 궁금해요.
히로키	음 뭐가 궁금한 거지—
아스미	자, 나랑 나루미는, 똑같은 엄마 아빠한테서 태어났어요. 그런데 내가 조금 먼저 태어난 거야.
신지	시간적으로?
아스미	맞아요, 그래서 내가 언니고, 나루미가 동생.
신지	그런데 나는 형제 없는데.
아스미	그렇죠, 없는데, 신지 씨가 내 동생이랑 결혼을 했으니까 내 동생이 되는 거예요. 그러니까 나루미 언니인 나랑 결혼한 히로키도, 신지 씨한테 형이 되는 거지. 그게 가족이에요.

어린아이를 가르치듯 아스미는 계속 설명을 한다. 신지는 진지하게 듣는다.

신지　　　아아 그렇게 연결되는구나. 그래서 가족. 고마워요.

아스미　　천만에요.

신지　　　그렇구나. 언니, 혈연, 그리고 가족. …그렇게 한집안이 되는 거구나.

아스미　　오오 맞아, 그거.

신지　　　그럼 확인해볼게. 나루미는 당신의, 뭐지?

나루미　　그만 좀 해.

신지　　　뭐지?

아스미　　동생.

신지　　　동생은 뭐지?

신지의 말투가 더욱 강해진다. 그 기세에 눌려 아스미는 움츠러든다.

아스미　　신지 씨, 왜 그래?

신지　　　그게 뭐냐고.

아스미　　그게 뭐냐면―

신지　　　고마워. 그거 내가 가져갈게.

그 순간, 아스미의 머릿속에서, 자매와 혈연의 개념이 송두리째 뽑힌다.

신지는 빼앗은 개념을 순식간에 이해한다.

아스미의 눈에서 눈물이 흘러내린다. 아스미는 놀라서 눈가를 누른다.

개념을 빼앗기면, 본인의 의지와는 상관없이 눈물이 흐른다.

히로키   왜 그래?

아스미   어? 모르겠어. 이상하네, 먼지 들어갔나? 어머.
                (눈물이 흐른다)

히로키   여보.

아스미   아니야, 나 왜 이러지? 하하, 잠깐 눈 좀 씻고 올
                게.

눈을 누르고, 거실을 나가는 아스미. 나루미와 히로키는 묘한 기분에 휩싸인다.

히로키   왜 저러지?

나루미와 히로키는 신지를 본다.

신지   미안, 나루미한테 그렇게 소중한 사람인 줄 몰랐
                어.

28

나루미	…그게 무슨 소리야?
히로키	우리 무슨 얘기 했었지?
나루미	…저, 그냥 오늘은 그만 가볼게요.
히로키	어? 밥은? 오늘 언니 요리 혼이 불타던데.
나루미	아아.
히로키	먹고 가. 어차피 언니가 못 가게 할걸.
나루미	하하. 언니. 언니~!

아스미가 눈을 닦으며 돌아온다. 방의 입구에 서서 나루미를
본다.

히로키	처제가 집에 간대서.
나루미	미안, 밥은 다음에 먹자.
아스미	…그럴래? 알았어. …잘 가.
나루미	응. 그럼 갈게.

나루미는 아스미의 반응이 어쩐지 낯설게 느껴진다.

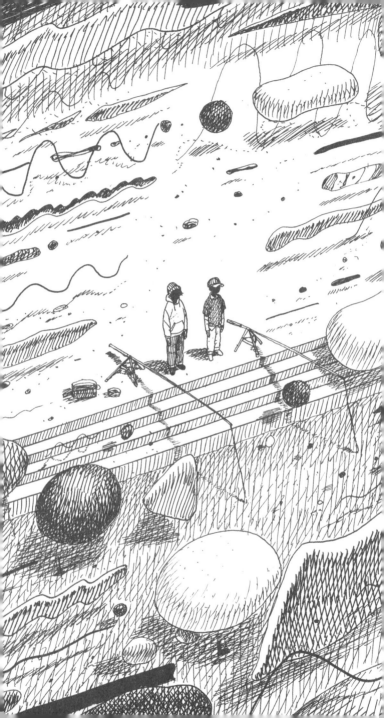

4

비행기가 날아가는 굉음이 들린다. 그리고 조용한 파도 소리
가 들려온다.

해안가. 마루오와 하세베가 있다. 모래사장과 방파제 너머로
국도가 해안을 따라 뻗어 있다.

국도를 끼고 마루오의 집이 있다. 마루오에게 이 해안가는
자기 집 마당과 같다.

마루오   너도 할 일이 되게 없구나. 쉬는 날 여기를 다 오
        고.

하세베   아니, 뭐 하시나 싶어서요.

마루오   저번 주에도 왔었잖아.

하세베   그랬나?

마루오   나야 뭐 늘 자유를 갈망하고 있지.

하세베   멋지네요.

마루오   너 딴 데 갈 데 없어?

하세베	음, 딱히 없네요.
마루오	파친코는?
하세베	저 끊었어요.
마루오	낚시는 안 해?
하세베	얼마 전에 낚싯대가 부러져서.
마루오	물고기랑 싸웠니?
하세베	자전거 바퀴에 걸려가지고.
마루오	애잔하네.
하세베	자전거 바퀴살에 꼈거든요. 언덕에서, 속도도 좀 있었는데.
마루오	낚싯대를 손에 들고 탔어?
하세베	네.
마루오	위험해.
하세베	갑자기 기우뚱해서, 뭐지? 했더니 걸렸더라구요, 놀래서 앞바퀴에 브레이크 걸었다가 한 바퀴 돌았어요.
마루오	한 바퀴?
하세베	네.
마루오	안 다쳤어?
하세베	별로요. 깨끗하게 한 바퀴 돌고 착지했어요.
마루오	아, 그럼 한 바퀴 돌고 딱 섰다는 거야?
하세베	네.
마루오	대단한데?

하세베   <u>그죠.</u>

마루오   진짜 그랬어? 목격자는? 누구 본 사람 없어?

하세베   없었어요.

마루오   아깝다. 그거 묘긴데, 관객이 없었네. 너 기술 낭비했다, 야.

하세베   안 다친 것만 해도 다행이죠.

마루오   우리 아빠 낚싯대 안 쓰는 거 있는데, 가질래?

하세베   아아. 요즘 안 하세요?

마루오   어.

하세베   밖엔 나가세요?

마루오   아니. 인터넷 하지. 내가 구하러 가야 할 왕국이 너무 많아.

하세베   일자리는 알아보고 있어요?

마루오   당연하지. 실업급여는 다 챙겨 받아야 되니까.

하세베   근데요, 진지하게 한번 찾아보시는 게.

마루오   내 나이 되면 못 해.

하세베   너무 고르시는 거 아니에요?

마루오   아니, 일할 마음이 사라졌어.

하세베   선배.

마루오   너도 그딴 회사 관둬. 아직 이십 대잖아. 비정규직 그거 암만 버텨봤자 좋을 거 없어. 나중에는 결국 내 꼴 난다니까. 더 늦기 전에 딴 데 알아봐.

하세베	그럴까요.
마루오	그렇다니까.
하세베	선배 그만두고 더 심해졌어요. 야근은 늘고, 월급은 안 늘고.
마루오	더러운 세상이지.
하세베	더러운 세상이에요.
마루오	관둬.
하세베	그럴 배짱 없어요.
마루오	뭐, 어차피 거지 같은 사회도 이제 다 끝이야.
하세베	왜요?
마루오	촉이 왔거든. 전쟁, 얼마 안 남았어.
하세베	설마요.
마루오	그럼 요즘 자꾸 기지로 비행기들 날아오는 건 어떻게 설명할 건데?
하세베	하긴 어제 뉴스에도 나오더라고요.
마루오	신문도 뉴스도 진실은 말해주지 않아. 자위대 숫자 봐, 이상하지 않아?
하세베	음~ 만약에 진짜면, 우리 동네가 최전선이네요.
마루오	그렇다니까.
하세베	큰일 났네요.
마루오	큰일 났지. 아니, 좋은 의미로.
하세베	네?
마루오	전쟁 나면 세상이 바뀌잖아. 전부 다 갈아엎는

거야. 이왕 하는 거 제대로 났으면 좋겠다. 다 똑같이 제로부터 시작하게.

하세베   그거 괜찮네요.

마루오   그치?

하세베   근데 징병되면 어떡해요?

마루오   뭐, 그것도 일종의 취직이니까.

하세베   아니, 잠깐만요. 다시 시작하는 건 좋은데, 꼭 전쟁이어야 돼요?

마루오   이대로 아무 일도 안 일어나는 것보단 나아.

하세베   그럴지도 모르겠네요.

멍하니 두 사람은 바다를 바라본다. 마루오가 하늘에서 무언가를 발견하고, 일어선다.

마루오   어… 어… 뭐지…?

하세베   왜요?

마루오   저거.

마루오는 바다 건너를 가리킨다. 빛나는 물체. 하세베도 그것을 본다.

하세베   어, 뭐지?

마루오   오오오. 어?

하세베　　　저거 비행기 아니죠?

마루오　　　저거 그거다, 유에프오 같은데? 잠깐만.

마루오와 하세베는 휴대전화를 꺼내 동영상을 찍는다.

하세베　　　대박이다.

마루오　　　아, 아, 아, 없어졌어. 없어졌어.

하세베　　　없어졌다.

마루오와 하세베는 서로 얼굴을 보며 웃는다.

5

나루미의 친정집. 거실이다. 사쿠라이, 히로키, 아스미가 이
야기를 하며 들어온다.

히로키　　도쿄에서 오느라 고생했다. 한참 걸렸을 텐데.

사쿠라이　비행 시간은 얼마 안 되는데, 공항 내려서부터가
　　　　　　멀지.

히로키　　그러니까.

아스미　　가끔 오고 그랬어요?

사쿠라이　네, 근데 부모님 댁에만 들러서.

히로키　　연락하지.

사쿠라이　미안해.

아스미　　3년 만인가요, 저희?

사쿠라이　그 정도 됐나요?

아스미　　잘 지내셨어요?

사쿠라이　너무 잘 지내죠. 아스미 씨도 하나도 안 변하셨

네요.

아스미 고마워요. 이번엔 일로 온 거예요?

사쿠라이 네. 여기 군사기지하고 자위대 취재하러요. 요즘 분위기 좀 살벌하죠?

아스미 네, 무슨 미국 배까지 들어왔거든요. 그거, 뭐였지?

히로키 이지스함.

아스미 이지스함 맞아?

히로키 응. 근데 밥은 먹고 다녀? 글 쓰는 걸로?

사쿠라이 어떻게 되더라고.

아스미 그냥 경찰 쭉 하시지. 공무원이 최곤데—

히로키 그런 말 하지 말라니깐.

사쿠라이 하하. 근데 경찰 출신이라고 하면 꽤 도움이 돼요.

아스미 그럼 잘됐네요. 난 걱정했지.

사쿠라이 조만간 책도 낼 거예요.

히로키 기대되는데.

아스미 근데 진짜 이렇게 우리 집에도 오고 너무 좋아요, 그치?

히로키 (웃음) 아니야. 너 그 사건 때문에 온 거지?

사쿠라이 아니야, 너 보러 왔어. 뭐 솔직히 너랑 얘기하다 보면 뒷얘기는 좀 들을 수 있겠다 싶기는 했는데.

아스미	일가족 사망 사건이요?
사쿠라이	네.
아스미	여기서 되게 가까워요.
사쿠라이	오오, 어땠어?
히로키	기가 막혔지. 현장 사진 봤는데 피바다야.
사쿠라이	우와, 그 할머니가 치매였던 거야?
히로키	아니. 정신은 아주 맑으셨대.
사쿠라이	정신착란 같은 건가?
히로키	모르겠어. 동네 사람들도 다 놀래. 가족들이 사이도 좋았던 거 같고. 그런데 왜 갑자기 아들 부부를 데리고 자살을 하냔 말이야. 혼자 남은 손녀딸이 불쌍하지.
사쿠라이	아직 학생이었나?
히로키	어.
사쿠라이	너 그 사건 담당이야?
히로키	조사엔 관여 안 해. 바로 경시청으로 넘어갔거든. 뒤처리나 해야지, 유가족 케어하고.
사쿠라이	음~ 정말 자살일까?
히로키	일단 지금은 사건성은 없고 동반자살인 걸로 결론 났어. 그런데 검시관이 이상하게 집착을 하네.
사쿠라이	오, 그렇지, 뭐래?
히로키	쓰지 마라.

사쿠라이	당연하지.
히로키	(아스미에게) 자기는 안 듣는 게 좋을 거 같은데.
아스미	그렇게 참혹해?
히로키	응, 그냥 죽이기만 한 게 아니라, 아들 몸을 막 완전히 해체를 해놨거든.
사쿠라이	할머니가?
히로키	식칼이랑 주방 가위로.
아스미	으아아.
히로키	그리고 그 할머니 자살 방법이 너무 장렬한데, 자기 배를 찔러서 창자가 막 나왔더라고.
사쿠라이	거짓말.
히로키	일흔다섯 할머니가.
사쿠라이	뭘 하신 거야, 안 돼요, 그럼.
히로키	검시관은 아무래도 걸린다는 거야, 자기 배를 그렇게까지 할 수 있냐는 거지. 힘의 문제도 있고, 인간은 원래 자기 몸을 찌를 땐 그렇게 힘이 들어갈 수가 없대. 근데 그 할머니는 주저흔은커녕 식칼이 뼈까지 들어가서 칼날이 부러졌어.
사쿠라이	식칼이. 근데 그건 아들 부부 찔렀을 때 부러진 거 아니야?
히로키	부러진 칼날이 할머니 몸 안에서 나왔거든. 아들 부부도 칼을 잡은 흔적이 없어.

42

사쿠라이	…할머니. 엄청난 할머니셨네.
아스미	너무 좋아하시는 거 아니에요?
사쿠라이	죄송해요. 그래서 그 손녀는 지금 어때?
히로키	지금은 병원에서 안정을 취하고 있지. 그런 지옥을 목격했는데, 아무래도 충격이 컸을 거야.
사쿠라이	트라우마가 크겠네.
히로키	경찰이랑 구급차 왔을 때 그 앤 피 웅덩이 안에 가만히 앉아 있었어.
사쿠라이	응.
히로키	그리고 텅 빈 눈으로 양손에 뭔가를 들고 그걸 빤히 쳐다보는 거야. 자기 아빠, 아래턱.
사쿠라이	…말도 안 돼, 누가 지어낸 얘기 아냐?
히로키	아니야, 지어내기는. 실화야. 아무 데도 공개되지 않은 실화.
사쿠라이	무슨 그런 일이 다 있어.
히로키	그 앤 자기 아빠 아래턱을 들고, 이렇게, 턱수염을 잡아당기고 있었대.
사쿠라이	뭐야, 왜 그래.
히로키	지옥이 따로 없지.
아스미	자기도 재밌나 본데?
히로키	그리고, 그 지옥 속으로 달려 들어간 구급대원이 마음을 가다듬고 그 애한테 말을 걸었대. 그랬더니 걔가 뭐라 그런 줄 알아? "…미안, 이렇게 될

줄은 몰랐어."

사쿠라이   아 무서워. 뭐야, 그게. 무슨 뜻이야.

히로키   아무도 모르지.

사쿠라이   아이씨, 소름 돋았어.

사쿠라이는 생각에 잠긴다.

사쿠라이   이해가 안 되네. 뭐지? 그 애 만날 수 있어?

히로키   관둬라. 병원에서도 안 된다고 할걸.

사쿠라이   그렇겠지.

히로키   경찰 입장에서도, 앞으로 그 애를 보호해줘야 하니까.

사쿠라이   음~

히로키   끝, 자 이제 잊어.

사쿠라이   아 짜증 나. 이 얘길 들으면 안 됐어.

아스미   …그 애가 한 말을 생각하면 꼭 애가 범인인 거 같네.

사쿠라이   그렇게 되죠.

히로키   평범한 학생이었어.

사쿠라이   만났어?

히로키   진정제 맞고 자더라고. 불쌍해.

아스미   그러게.

히로키   됐어, 그 얘기 그만하자. 사쿠라이, 너도 얘기해

쥐.

사쿠라이   뭘?

히로키   우리 동네. 조사했을 거 아냐.

사쿠라이   아~ 장난 아니야.

히로키   엇 진짜?

사쿠라이   이제 큰일 났어.

히로키   그래?

사쿠라이   응.

히로키   …그게 끝이야?

사쿠라이   응.

히로키   너무 짧은데?

사쿠라이   아니, 나도 모르니까 취재를 왔지. 어떻게 생각
해, 여기 주민으로서?

히로키   몰라.

사쿠라이   좀 이상한 시설들이 많이 생기기도 했고. 큰일이
난 건 확실해.

히로키   뭐야, 정체불명인 건물이 들어서질 않나, 일가족
살인 사건이 나질 않나, 어제는 무슨 이상한 전
화도 오고. 이 동네 미쳤나 봐.

사쿠라이   이상한 전화?

히로키   미확인비행물체를 발견했대. 유에프오 봤나 봐.

사쿠라이   아~ 그거 아마 이웃 나라 미사일일 거야.

아스미   진짜요?

사쿠라이	지금쯤 발표 났을걸요?
야스미	경찰서에선 아무 말 없었어?
히로키	잘못 쓴 거겠지.
사쿠라이	그것까진 모르고.
히로키	잠깐, 야, 알고 있는 거 전부 말해봐.
사쿠라이	다 말한 거야.
히로키	난 거의 다 말해줬잖아.
사쿠라이	정보가 안 내려와. 메인 매체도 자세한 보도 안 하잖아, 진짜 어디서 규제하는 거 같아.
야스미	그래도 정말로 전쟁 나는 건 아니죠?
히로키	그렇게까지 바보는 아니겠지.
사쿠라이	보통 그러고 안심하고 있다가 터지는 게 전쟁이지.
히로키	야, 재수 없는 소리 하지 마.
사쿠라이	농담 아니라, 나 같으면 이사를 고려할 거 같아.
야스미	이사 못 가는데~
사쿠라이	반전시위라도 하실래요? 그럼 전 이만.
히로키	뭐야, 안 돼, 왜 지금 가.
사쿠라이	(웃음) 왜?
히로키	밥 먹고 가. 말도 안 돼, 너, 아는 거 다 불고 가.
사쿠라이	(웃음) 아니, 나 진짜 가야 돼.

히로키는 사쿠라이를 몰아세운다. 세 사람이 거실을 나간다.

ㅂ

마루오의 집 마당. 그 안을 서성이는 신지. 마루오는 신지가
신경 쓰여 마당으로 나온다.

마루오   저기요. …저기요, 아저씨.

신지   나요?

마루오   네.

신지   왜요?

마루오   여기서 뭐 하세요?

신지   그냥 딱히.

마루오   아니, 왜 여기 있어요?

신지   어? 너는 왜 여기 있는데?

마루오   근본적인 질문을 하시네. 알았어요, 음, 왜 내가
                    여기 있냐면, 여기가 내 집이니까요. 마이 홈.

신지   아~ 그래요?

마루오   그리고 여기는 우리 집 마당이에요.

신지	산책하다가 그만.
마루오	뭐, 닿는 것도 아니고, 괜찮아요.

마루오는 신지가 묘하게 느껴진다. 신지는 마루오를 가르치
듯이, 바다를 가리킨다.

신지	바다다.
마루오	바다네요. …어디 안 좋으세요?
신지	아니. 괜찮아.

마루오는 신지 옆으로 와서, 함께 바다를 바라본다.

마루오	바다 좋아해요?
신지	좋아해? 좋아하나…
마루오	아저씨?
신지	네.
마루오	아저씨 어디서 왔어요? 이름이 뭐예요?
신지	신짱.
마루오	음~ 보통 아저씨 정도 나이가 되면, 자기 이름 말할 때 짱은 좀, 별로 안 어울리거든요.
신지	그래? 동료가, 아내가 그렇게 부르거든.
마루오	엇 결혼했어요?
신지	나루미라는 사람이랑.

마루오   제가 졌네요. 집에 갈래요. 신짱도 집에 가세요.

마루오가 집으로 들어가려 하자, 신지가 따라온다. 마루오는
멈춘다.

마루오   왜요?

신지   집에 가는 건데.

마루오   아니, 아까 제가 말했죠, 여긴 우리 집이에요.

신지   마이 홈이라며.

마루오   …마이! 홈. 유어! 홈. 고 어웨이.

신지   뭐라 그런 거야?

마루오   꺼지라고요.

신지   잠깐만, 가르쳐줘. 잘 모르겠어, 다 똑같은 집인
                데, 똑같이 내 집이야. 내 집은 신짱 집이고, 우
                리 집이라고도 해. 이 집도 우리 집, 내 집이랑
                뭐가 달라?

신지는 진지하게 묻는다. 마루오도 거기에 응해준다.

마루오   이 아저씨 재밌네. 저 이런 대화 싫어하지 않아
                요. 제가 답변을 드리자면요, …인류는, 신짱이
                생각하는 것처럼, 모두 형제가 아니에요.

신지   무슨 말인지 잘 모르겠어.

마루오	나도 몰라요.
신지	뭐라고 하면 되지, 내 집은 왜 내 집인 거야?
마루오	아저씨가 사는 집이니까요.
신지	이 집에서 살 수도 있는데.
마루오	못 살죠. 여긴 내 집이니까, 마루오 집이니까.
신지	마루오?
마루오	(자신을 가리킨다) 마루오. 마루오의 집.
신지	그렇구나, 마루오의 집이구나.
마루오	알겠어요?
신지	저 집은? (이웃집을 가리킨다)
마루오	야마다 씨의 집.
신지	그 옆은?
마루오	하시모토 씨의 집.
신지	저건?
마루오	모르는 사람의 집.
신지	모르는 사람의. …의.

신지는 무언가 감을 잡은 듯, 생각에 잠긴다.

신지	'의'가 문제네. '의'가 뭐야?
마루오	의? …의, 의.
신지	괜찮아, 그냥 머릿속에 이미지를 떠올려봐.
마루오	의. 나의. 마이, 소유격?

신지	단어 뜻 말고. 이미지로 떠올려봐. 넌 알잖아.
마루오	뭘 알아요?
신지	'의'가 뭔지.

신지는 골똘히 생각하는 마루오의 눈을 진지하게 바라본다.

| 마루오 | '의'요? 마이, 홈? 의? 응? |
| 신지 | 그거, 내가 가져갈게. |

마루오의 머릿속에서 '소유'라는 개념이 사라진다. 신지는
그것을 이해한다.

| 신지 | 고마워. 이제 알았어. 이건 우리 집이 아니야. |
| 마루오 | 그쵸. 응? 우와, 뭐지? |

마루오의 눈에서 눈물이 흐른다.

마루오	와아아 뭐야 왜 이래.
신지	나 우리 집 갈게.
마루오	아 그러세요. 괜찮겠어요? 갈 수 있어요? 모르
	겠으면 택시 타세요. 주소 알아요?
신지	알아. 넌 좋은 사람이구나.
마루오	…신짱은, 좀 특이하네요.

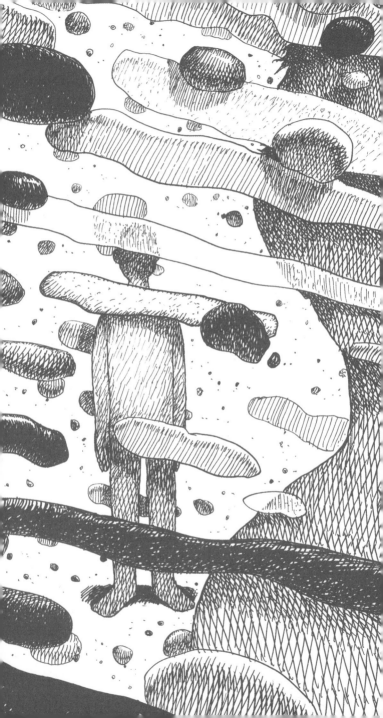

신지	그런가.
마루오	무슨, 병에 걸린 거예요?
신지	응.
마루오	그렇구나.
신지	근데 실은 아니야. 아직 적응이 안 돼서 그래, 이 세계가.
마루오	와 멋있어.
신지	나, 외계인이거든.
마루오	(웃음) 그럴 줄 알았어. 어제 봤어요, 유에프오.
신지	(웃음) 그럼 또 보자.

떠나가는 신지를 향해 마루오는 손을 흔든다. 하세베가 마당으로 들어온다.

하세베	선배.
마루오	왜?
하세베	텔레비전 봤어요?
마루오	아니, 왜?
하세베	어제 우리가 본 유에프오가 나왔어요.
마루오	진짜?
하세베	속보로요. 15분 전에.
마루오	잘됐네. 데리러 왔구나.
하세베	그거 유에프오 아니에요. 미사일이래요, 적군이

쏜 거래요.

마루오   미사일?

하세베는 마루오가 뭐라고 대꾸할지 기대하지만, 반응이 굼뜨다.

하세베   왜 그래요?

마루오   뭐가?

하세베   뭐예요. 선배가 그랬잖아요. 전쟁 나면 좋겠다고요. 이제 전쟁 난다니까요. 미사일 날아다니는 걸 이 두 눈으로 본다고요. 드디어 시작이에요.

마루오   드디어. …전쟁? 진짜? 잘됐다.

하세베   잘됐지 뭐예요.

마루오   (웃음) 하하하, 미사일이라고 그게?

하세베   미사일이에요.

마루오   이거 재밌어지네.

하세베   웃기지도 않죠.

마루오   그럼 우리도 인생 한번 리셋시켜볼까?

하세베   (웃음) 하하. 진짜 장난 아니에요.

마루오   …진짜.

비행기의 굉음 때문에 두 사람의 목소리가 들리지 않는다.
두 사람은 하늘을 올려다본다.

7

며칠 후. 나루미의 친정집. 아스미와 신지가 있다.

신지는 신문을 읽고 기사를 오리고 있다. 아스미는 그 모습을 본다.

아스미   재밌어요?

신지   …아니요.

아스미   그럼 그만하지.

신지   제 일이거든요.

아스미   일이 아니라, 재활이라고 하는 거예요.

신지   재활? …재활.

신지는 재활이라는 단어를 적어둔다.

아스미는 신지가 오려둔 신문지를 한 장 집어서 읽는다.

아스미   경제에 관심이 있어요?

신지	관심 있어요.
아스미	투자 같은 것도 알아요?
신지	몰라서 관심이 있어요.
아스미	아 네. (다른 신문지를 본다) 이건 가르쳐줄 수 있을 거 같은데. 클래식 음악의 매력.
신지	잘 아세요?
아스미	그냥 좋아해요.
신지	그래요? 그럼 됐어요. 처형한테는 안 물어볼래요.
아스미	아 그래요? 그럼 그러세요.
신지	그럴게요.
아스미	근데 그 처형 소리 좀 안 하면 안 돼요?
신지	알았어요.
아스미	이 말 안 하려고 했는데, 저기요, 언제까지 우리 집 드나들 거예요? 우리도 우리 생활이 있거든요.
신지	생활이 있다…?
아스미	말해봤자지, 참.
신지	아스미 씨. 나 산책하러 갈래요.
아스미	네, 다녀오세요. 얼마든지.

신지는 나간다. 나루미가 들어온다.

나루미	언니. 신지는?
아스미	근처에 없어?
나루미	없어.
아스미	마당에 없어?
나루미	없다니까, 아무 데도.
아스미	아참, 산책간댔다.
나루미	밖에 내보내지 말라고 했잖아.
아스미	내 말 안 들어.
나루미	그럼 같이라도 가줘.
아스미	나도 바빠.
나루미	바쁜 거 나도 아는데. 또 남의 빨래 가져오고 그럼 안 되잖아.
아스미	나 솔직히 니 남편이랑 같이 다니기 싫어, 부끄러워.
나루미	뭐? 부끄럽다고? 너무한 거 아니야?
아스미	지금 누가 너무하고 있는 거니? 이게 다 내 탓이야?
나루미	잠깐 좀 봐달라는 거잖아.
아스미	봤다니까.
나루미	언니.
아스미	언니, 언니, 지겨워 죽겠어.
나루미	부탁이야. 어린애랑 똑같아.
아스미	괜찮다니까. 니가 생각하는 것보다 그 사람 멀쩡

해.

나루미   …아무튼, 찾아보고 올게.

나루미는 나간다. 히로키가 들어온다.

히로키   좀 아까 저녁 때 처제한테 전화 왔었어, 찾았대?

아스미   몰라.

히로키   …무슨 일 있었어?

아스미   뭐가?

히로키   음. 처제가 지금 많이 힘들잖아, 그러니까 도와
           줘야지.

아스미   그건 아는데. 왜 나만 도와줘야 돼?

히로키   가족이잖아. 가족이 도와줘야지, 안 그럼 힘들
           지.

아스미   …무슨 뜻이야?

히로키   어? 무슨 뜻이냐니?

아스미   가족이 뭐?

히로키   아니, 자기가 그랬잖아. 힘들면 언제든지 오라고
           했잖아.

아스미   그래, 했는데, 상식적으로 조절을 해야 될 거 아
           냐. 아무 때나 놀러오라고 했다고 매일 오는 사
           람이 있어?

히로키   여긴 처제 친정이기도 하니까, 이상할 건 없지.

아스미	…지금 무슨 말 하는 거야?
히로키	어? 내가 뭐 잘못 말했나?
아스미	뭐야, 내가 나쁜 거야?
히로키	그런 게 아니라. …자기 동생이잖아.

아스미는 히로키가 하는 말을 부분적으로밖에 이해할 수 없어 괴로워한다.

아스미	미안. 나 알아듣게 좀 얘기해봐.

히로키는 아스미가 어딘가 낯설어졌다는 사실을 깨닫는다. 아스미와 히로키의 장면은 여기에서 끝이 나고, 두 사람은 적당한 때에 퇴장한다.
무대의 다른 공간에서 신지가 산책을 하는 장면이 펼쳐진다.
그리고 병원에서 쿠루마다가 전화를 거는 장면이 삽입된다.

쿠루마다	(수화기 너머로 부재중을 알리며 녹음이 시작되자) 콘린종합병원의 쿠루마다라고 합니다. 남편분은 좀 어떠세요? 지난주 병원에 안 오셔서 전화드렸습니다. 음, 몇 가지 드릴 말씀이 있으니까 연락 좀 부탁드립니다. 그럼, 실례하겠습니다.

길거리 어딘가. 나루미는 산책을 하고 있는 신지를 발견한다.

나루미   지금이 도대체 몇 시야?

신지   (손목시계를 본다) 10시 8분 52초.

나루미   시간 물어본 거 아니야.

신지   물어봤잖아.

나루미   맘대로 나가지 마.

신지   안 돼, 일해야 돼.

나루미   일이 어딨어, 지금 신장한테. 오늘 회사 갔다 왔어. 빨리 사직서 내줬으면 좋겠대. 병으로 그만 두면 무슨 수당 나온다고 보험 신청하래.

신지   와.

나루미   이제부터 큰일 났어. 알아?

신지   잘 모르겠어.

나루미   …휴대폰 가지고 다녀. (휴대폰을 건넨다) 언니 한테 뭐 실수했어? 화나게 했어?

신지   화나게 안 했어.

나루미   조금만 정신 좀 차려줘, 안 그럼 힘들어. 나도 일 더 늘려야 되고.

나루미는 앞으로를 생각하며 우울해진다. 피로도 쌓였다.

신지	지쳤어?
나루미	…발뒤꿈치, 또 피잖아.
신지	진짜다.
나루미	안 아파?
신지	아파.
나루미	내일 운동화 사러 갈까?
신지	운동화?
나루미	그게 걷기 편하니까.
신지	그렇구나.
나루미	몰랐어?
신지	알아.
나루미	(웃음) …매일 산책하면서 뭐 해?
신지	일.
나루미	일?
신지	여러 사람들이랑 얘기해.
나루미	아. 나랑 하면 안 되는 거야?
신지	나루미는 가이드니까.
나루미	가이드라고 하지 마. 운전사 같잖아.
신지	나루미는 좋은 아내야, 내가 기댈 수 있는 건 너 뿐이야.
나루미	처음 들었어, 그런 말.
신지	걱정하지 마. 조금만 더 있으면 분명히 지금보다 더 좋아질 거야. 나 점점 알아가고 있어.

신지는 나루미를 만진다. 나루미는 잠시 후, 그 손을 뿌리친
다.

병원. 타치바나 아키라의 병실.

창가에 아키라가 서 있다. 쿠루마다가 그녀를 바라보고 있다.

쿠루마다   안녕하세요. 기분은 좀 어때요?

아키라   …

쿠루마다   링거는? 안 돼요, 이렇게 막 떼어버리면.

아키라   저는 지금 어디 있어요?

쿠루마다   병원이요.

아키라   병원.

쿠루마다   네. 닷새 동안 잠만 잤어요.

아키라   잔 거 아니에요. 적응하는 데 시간이 걸렸어요. 이 몸에.

쿠루마다   뭐 기억나는 거 있어요?

아키라   기억나요. 몸이, 부서졌어.

쿠루마다는 대꾸할 말을 찾지 못한다. 아키라는 가만히 쿠루마다를 본다.

아키라　　당신은 높은 사람이에요?

쿠루마다　네?

아키라　　높아요? 강해요?

쿠루마다　(쓴웃음) 글쎄요, 어느 정도 위치는 되는데, 그건 왜요?

아키라　　당신은 나의 동료, 아니다, 내 편이에요?

쿠루마다　그럼요, 여기 있는 사람들 다 아키라 씨 편이죠.

아키라　　아~ 가이드 할래요?

쿠루마다　네?

아키라　　내 가이드.

쿠루마다　가이드? 음~ 그래요, 가이드, 알겠어요.

아키라　　고마워요.

아키라는 침대에 앉는다.

9

마루오 집 앞의 해안. 마루오와 하세베가 있다.

하세베　　저기, 무슨 말을 하는 건지 잘 모르겠거든요.

마루오　　이걸 뭐라 그러지, 처음에는 뭐가 쑤욱 빠져나간
　　　　　　것 같은, 상실감? 그런데 점점 기분이 좋아지는
　　　　　　거야, 원래부터 필요 없는 게 나간 거 같고, 그러
　　　　　　니까, 이건 해방감이라고 해야 되나?

하세베　　그래서 뭐요? 뭐에서 해방이 된 건데요?

마루오　　그걸 모르겠어. 근데 확실히 난 해방됐어. 꼭 날
　　　　　　개가 돋아난 것 같아.

하세베　　(웃음) 그게 뭐예요.

마루오　　이제야 눈을 떴어, 각성한 거야, 득도했어.

하세베　　너무 멀리 가셨네요.

마루오　　넌 나만 따라와.

하세베　　못 가요.

마루오	요즘 좀 어때?
하세베	뭐가요?
마루오	전쟁.
하세베	장난 아니죠.
마루오	아니, 그게 아니라. 뭐 느끼는 거 없어?
하세베	재밌을 거 같아요.
마루오	그래서야 되겠니?
하세베	선배가 먼저 그랬잖아요.
마루오	아니야. 야, 이렇게 태어난 이상 뭐라도 하나는 하고 죽어야지 싶다. 이 세상이 틀렸다는 걸 깨달았거든.
하세베	네?
마루오	이 전쟁은 아무래도 이상해.
하세베	선배, 왜 그래요?
마루오	전쟁 반대 안 해?
하세베	…무슨 일 있었어요? 전쟁 나면 전부 제로부터 다시 시작이라면서요, 선배가 그랬잖아요.
마루오	하세베, 내가 틀렸어.
하세베	네? 뭐예요, 갑자기 무섭게. 그러지 마세요.
마루오	지금도 늦지 않았어. 이젠 반전운동을 해야 돼.
하세베	진심이에요?
마루오	너도 같이 하자.
하세베	아니, 선배.

마루오	어차피 할 일도 없잖아.
하세베	저 직장 있거든요.
마루오	때려치우고 싶잖아. 이제 그만 자유를 찾아.
하세베	그럼 뭐 먹고 살아요.
마루오	하세베, 난 어떤 사람을 만나고 변했어. 나도 놀라워. 그 사람을 만나고 난 눈을 떴어. 그래서 다시 만나고 싶어, 너도 소개해주고 싶고. 그 사람 분명히 나한테 뭔가를 했어, 뭔지 모르겠는데 분명히 뭘 했어.
하세베	어디 있어요, 그 자식.
마루오	몰라.
하세베	네?
마루오	근데 분명히 이 동네에 있어. 아마 지적장애인 같은데, 근데 그건, 그 사람이 특별한 존재라는 증거이기도 해.
하세베	영화 너무 보셨어요.
마루오	너도 만나보면 알 거야. 찾아보자.
하세베	싫어요.
마루오	가자.

마루오는 진지하다. 하세베는 떨떠름한 얼굴을 한다.

하세베	이름 알아요?

마루오   신짱.

하세베   어린애예요?

마루오   아니 아저씨.

마루오가 달리기 시작한다. 하세베는 그를 쫓아간다.

10

병원 입구. 안에서 쿠루마다와 사쿠라이가 이야기를 하며 나
온다.

쿠루마다   안 된다고요.

사쿠라이   좀 봐주세요.

쿠루마다   안 됩니다. 면회 금지예요.

사쿠라이   그럼 지금 어떤 상태인지 그것만 가르쳐주세요.

쿠루마다   답변 못 드립니다.

사쿠라이   부탁 좀 드릴게요.

쿠루마다   가십거리 제공할 마음 없습니다.

사쿠라이   그런 기사 낼 생각도 없어요.

쿠루마다   그럼 뭐 때문에 그러세요? 혼자 살아남은 사람
                 마음도 생각해주세요.

쿠루마다는 사쿠라이를 남겨놓고 병원 안으로 돌아간다. 아

마노가 있다.

쭉 지켜보고 있던 아마노는, 사쿠라이에게 다가가 말을 건다.

아마노   하여간 고집이 세. 절대 안 된대. 말이 안 통해.

사쿠라이는 그 소리를 듣고, 아마노를 본다.

아마노   그쪽도죠? 아키라 만나러 온 거죠? 왜, 아니야?

사쿠라이   아니, 맞는데. 넌?

아마노   …넌, 뭐? 말을 제대로 해야지.

사쿠라이   …너도 아키라 만나러?

아마노   만나러, 뭐? 말 좀 끝까지 해라. 그게 유행이야?
          아 됐어, 나도 사실 다 알아들어, 하도 그러니까
          내가 알아서 짐작해서 들어.

사쿠라이는 아마노의 언동에 당황하지만, 곧 호기심이 생긴다.

사쿠라이   너도 내 질문에 대답 안 했잖아.

아마노   아키라 만나고 싶어. 만나러 왔어. 근데 끝까지
          안 된대.

사쿠라이   그럼 나랑 똑같네. 어떻게 하지?

73

아마노	당신은 어른이야?
사쿠라이	어? 어른일걸.
아마노	뭔 소리야?
사쿠라이	어른이야.
아마노	난 슬프게도 애야. 직업이 뭐야?
사쿠라이	기자, 저널리스트, 라이터. 알아?
아마노	알지. …그럼 뭐 많이 알겠네. 잘됐다, 그런 거 찾고 있었어. 내 가이드 좀 해줘.
사쿠라이	가이드?
아마노	나 어차피 아키라 만나야 되니까, 우리 목적은 같잖아. 가이드로 계약해주면 아키라 만나게 해줄게. 단독취재. 어때?
사쿠라이	(웃음) 계약? 야 너 대단하다, 꼭 악마 같아.
아마노	악마? 이미지가 없네. 일단 외계인인 걸로 되어 있거든, 비밀이지만.
사쿠라이	외계인? 이름이 뭔데?
아마노	아마노.
사쿠라이	아마노, 별에서 왔어?
아마노	아니, 별은 관계없어.
사쿠라이	아 그래? 아마노. 난 사쿠라이야. 잘 부탁해.
아마노	잘 부탁해.
사쿠라이	가이드 하려면, 영혼 팔아야 되는 건 아니지?
아마노	아니야. 그냥 직업 가진 어른이 여러모로 수월하

잖아. 당신 같은 사람이 같이 있어주면 고맙지.

사쿠라이 너도 금방 어른 돼.

아마노 내가 그렇게 한가하지가 않아.

사쿠라이 그렇구나. 알았어, 가이드 해줄게.

아마노 고마워.

사쿠라이 그래서, 너랑 아키라는 무슨 사이야?

아마노 아마 동료일 거야.

사쿠라이 동료? 외계인?

아마노 응.

사쿠라이 근데 왜 '아마' 동료야?

아마노 우리가 셋이서 왔는데, 문제가 생겨서 뿔뿔이 흩어졌거든.

사쿠라이 미안, 나 어디까지 믿어야 돼?

아마노 다 믿어. 난 거짓말은 안 해, 시간낭비니까. 거짓말의 일종인 농담이나 빈말도 안 해. 그러니까 당신도 그런 짓은 할 생각 마. 귀찮으니까.

사쿠라이 …너 고등학생이야? 몇 살이야?

아마노 콘린시 고등학교 1학년, 열여섯 살.

사쿠라이 우리 동네 사람이네, 외계인도.

아마노 또 질문 있어? 끝이야? 그럼 이 병원에 들어갈 방법을 찾자.

사쿠라이 아, 하나만 더 물어봐도 돼? 너희는 여기 왜 온 거야?

75

아마노	조사하러. 이 세계 고유의 개념을 수집하러 왔어.
사쿠라이	개념?
아마노	응, 개념. 아 괜찮아, 당신 건 안 뺏을게, 가이드니까.
사쿠라이	아, 그래? 고마워. 근데 조사해서 뭐 하게? 설마, 침략하게?
아마노	침략해야지. 외계인이 다 그렇지.
사쿠라이	진짜? 우와, 지구 큰일 났네. (웃음)
아마노	큰일 났어. 자, 그럼 가자. 저기 패밀리레스토랑에서 회의하자.

아마노는 걷기 시작한다.

사쿠라이	아마노.
아마노	왜?
사쿠라이	근데, 일단 내가 나이도 많으니까, '당신'은 좀 그런 거 같아.
아마노	사쿠라이 씨라고 할까?
사쿠라이	응, 그게 좋겠어. 고마워.
아마노	뭘 그거 갖고.
사쿠라이	아, 응.

아마노와 사쿠라이는 패밀리레스토랑을 향해 간다.

11

나루미의 친정집 거실. 나루미와 히로키가 있다.

히로키   미안. 지금은 만나고 싶지 않다 그러네.

나루미   그래요.

히로키   이상하게 처제에 대해 잘 모르겠나 봐, 본인도
          힘들어해.

나루미   잘 모르겠다고요…

히로키   실은, 장모님한테도 그래.

나루미   뭐가요?

히로키   이상해. 장모님 대하는 게 너무 달라졌어. 서먹
          서먹해 보이기도 하고, 자꾸 짜증 내고.

나루미   아~ 엄마한테 전화로 대충 들었어요.

히로키   진짜 오늘 아침은 난리도 아니었어. 집에서 막
          쫓아내려고 하더라니까.

나루미   그게 무슨 말이에요?

히로키	아니 나도 이게 뭔가 싶더라고. 자기 엄마 이불을 들고 나와서, 왜 남의 집에서 자냐고 소리를 지르는 거야.
나루미	네? (충격을 받았다)
히로키	응. 그래서 병원에 갔다 왔어.
나루미	뭐래요?
히로키	원인은 아직 모른대. 신경내과로 가라 그래서, 검사 몇 개 하고, 문진 끝나니까 반나절이 훅 가더라고. 그래서 얘기를 들어봤더니—
아스미	뭐야!

아스미가 방 입구에 서 있다.

아스미	너 또 왔어? 자꾸 오면 경찰 부른다.
나루미	언니.

아스미는 곧바로 귀를 막는다.

나루미	언니~
아스미	아~ (아무 소리나 내뱉어 '언니'라는 소리를 지워버리려는 듯) 가란 말이야! 빨리 가!
히로키	이제 갈 거야, 괜찮아! 2층에 있으라니까. 응? 아스미.

나루미는 아스미의 낯선 모습에 놀란다. 히로키가 가라고 재촉하자 아스미는 방을 나간다.

히로키   (쓴웃음) 하하. 신경 쓰지 마. 아니 그게, 원인은
         모르는데, 가족이나 혈연에 대해 이해를 못 하고
         있는 상황이라더라고. …이거, 비슷하지 않아?
         신지 씨랑.

나루미   비슷해요.

히로키   그치. 계속 병원 다니고 있어? 회복 중이지? 원
         인은 뭐래? 내가 아스미한테 아무리 설명을 해
         도 전혀 소용이 없어. 신지 씨는 많이 좋아졌지?
         그래서 궁금하더라고. 병원에서는 뭐래?

나루미   죄송해요, 병원 안 갔어요.

히로키   아 그래.

나루미   좋아지고 있는 거 같아서요. 의사 선생님이 오라
         고 몇 번 전화도 주셨는데, 돈도 들고, 괜찮겠지,
         했어요.

히로키   그렇구나, 근데 확실히 좋아지고 있구나.

나루미   네.

히로키   어떻게 했어? 어떻게 좋아졌는지 가르쳐줘. 요
         즘 그런 환자가 늘었대.

나루미   그래요?

히로키   응, 그러니까 뭐든 말해봐.

나루미 …음, 우선, 기억은 전혀 문제없죠.

히로키 응, 기억을 잃은 건 아니야.

나루미 신지 경우는, 모르겠다고 하는 게 엄청 많았어요, 다쳐도 아프다는 걸 몰랐고, 밥을 먹어도 맛을 표현할 줄 몰랐고, 그림을 보면 뭐가 그려져 있는지는 아는데 아름답다거나 그런 느낌을 말할 줄을 몰랐어요.

나루미가 이야기하는 중에 쿠루마다가 등장해, 무대는 병원으로 바뀐다.

히로키 감정이랑 연결이 안 되는 거네요.

쿠루마다 그렇죠.

나루미 그리고 농담이나 예를 들어서 하는 얘기는 하나도 못 알아들었어요. 한번은 책을 가져오더니 '유리동물원'은 도대체 무슨 동물원이냐고 진지하게 묻는 거예요. 그런 건 눈치로 알아야 하는 거라고 하니까 이렇게 눈에 힘을 주더니, 어떻게 아냐는 거예요. (신지 흉내를 낸다)

히로키 아, 안 해도 될 거 같은데.

쿠루마다 지금은 말이 좀 통하세요?

나루미 요즘은 잘 통해요.

쿠루마다 아내분이 직접 설명해주셨어요?

나루미	아니요.
히로키	그럼 어떻게 좋아진 거야?
나루미	그냥 자기가 어디서 배워오는 거 같더라고요.
히로키	어디서?
나루미	산책 같은 거 하면서요, 아마. 사람들하고 얘기하면서.
쿠루마다	네~
나루미	집에 와서 가끔 얘기해주거든요. '눈치를 보다'에서 '눈치'가 뭔지 이제 알겠다, 뭐 이렇게요.
쿠루마다	자기가 혼자 배워온다고요.
나루미	네, 성격은 안 돌아왔지만, 열흘 전이랑 비교하면 많이 좋아졌어요.
쿠루마다	음~ 비슷하긴 한데, 역시 남편분의 경우는 조금 특이하네요.
나루미	아, 근데 아직 한참 멀었어요. 아직도 모르는 거 투성이에요, 저희 남편도.
쿠루마다	아니, 그게요, 남편분이 발견된 시점부터 갑자기 이런 환자가 늘어났거든요. 저희 병원만 서른 명이에요.
히로키	그렇게나 돼요?
쿠루마다	어른부터 아이까지. 다들 어떤 특정 대상에 대해 사고할 줄 모르게 됐어요. 설명하기 어려운데, '개념'을 잃어버린 거예요. 예를 들어 사과, 귤은

알아요, 과일이란 말도 알아요. 그런데 과일이 뭐냐고 물으면 구체적인 지식과 연결이 안 돼요.

나루미 개념.

쿠루마다 아마도요. 아내분은 가족관계에 대해 전혀 이해를 못 하시죠. 부모형제, 단어 뜻은 알아요. 그런데 느끼고 이해하는 걸 못해요. 그러니까 친부모인데도 겁을 먹고, 적대감을 품죠. 부모가 어떤 존재인지 모른다는 거예요.

나루미 가족인데도요?

쿠루마다 가족이니까요, 아마도. 다른 환자도 일상생활이 어려워진 분들이 많아요. 보통 자기한테 중요한 개념이 엉망이 된 경우가 많거든요. 과일 가게를 하는데 과일을 모르고, 은행원인데 돈의 개념을 몰라요, 아니, 웃을 일이 아니에요. 다른 사례도 얼마든지 있어요. 계절, 꿈, 질투, 마음. 아무리 말로 설명을 해도 이해를 못 해요. 숫자, 시간 이런 쪽을 모르는 사람은 손도 못 쓰죠. …서서히 정신을 망가뜨리는 거예요.

머리 위로 비행기가 지나간다. 굉음. 쿠루마다는 위를 올려다본다.

쿠루마다 그리고 평화, 전쟁, 이런 것도.

나루미　　　…치료가 가능할까요?

쿠루마다　　모르겠어요. 그래서 남편분 상태가 좋아지고 있
　　　　　　　다면 꼭 만나보고 싶어요. 부탁드릴게요.

나루미는, 점점 늘어나는 환자와 신지의 회복이 관련되어 있
다는 것을 막연하게 느낀다.

12

거리. 나루미는 병원을 나와 집에 가는 길에 잠시 서성인다.
신지가 그 모습을 본다.

신지   저녁 어떻게 할까? 술 한잔 하러 갈까? 저번에
                 간 데 좋았는데. 사케 맛있더라. 마음에 들었어.

나루미   옛날부터 사케 좋아했잖아.

신지   그래? 그랬구나. (전에 비해 경쾌하고 교묘한 인
                 상을 풍기는 말투)

나루미   자기는 토호쿠 지방에만 파는 좀 독특한 사케 좋
                 아했고, 소주는 큐슈 게 최고라고 그랬어. 맛있
                 는 건 북쪽이랑 남쪽에 다 모여 있다면서. 술 취
                 하면 자주 그랬는데. 알아?

신지   맞는 말 했네. 또 홋카이도 여행 가고 싶다.

나루미   기억나?

신지   사귄 지 1년 됐을 때 갔었잖아. 재밌었어. 우리

85

	결혼 약속도 하고.
나루미	⋯오늘 병원 다녀왔어. 신짱 같은 사람이 많아졌대.
신지	나 같은 사람?
나루미	그것도 우리 동네만. 내일 병원에 와 달래.
신지	난 이제 괜찮은데.
나루미	옮기는 병일지도 모르니까 검사해야 되나 봐.
신지	병원에는 안 갈래.
나루미	왜? 가면 안 되는 이유라도 있어?
신지	다 나았잖아.
나루미	매일 산책하면서 뭐 해?
신지	산책하고, 사람들이랑 얘기하는 게 다야. 난 병 아니야, 말로 옮기는 병이 있어?
나루미	⋯신짱.
신지	괜찮아, 나루미는 아무것도 걱정할 거 없어. 우리 지금 참 좋잖아.

마루오와 하세베가 등장한다.

두 사람은 길모퉁이에서 얘기하고 있는 나루미와 신지를 발견한다.

마루오	신짱. ⋯겨우 만났다. 산책은 잘돼요?
신지	잘돼. 오랜만이네.

마루오   오랜만이에요. 얼마나 찾았다구. 신짱 소개시켜

줄 사람이 있어요.

마루오는 하세베에게 시선을 던진다. 나루미는 그들 대화에

끼어든다.

나루미   저기요, 이 사람 뭐 해요? 산책하면서 뭐 해요?

마루오   해방이요. 이 사회에 만연한, 만연해 있는 거지

같은 것들, 머릿속에 그득그득한 해충들을 말살

시키는 거예요. 신짱, 내 말이 맞죠? 신짱은 절

해방시켜줬어요. 내가 사회에 적응을 못 했던 게

아니에요. 지금까지가 전부 버그였던 거예요, 사

회가 잘못됐었던 거라고요. 지금은 이렇게 자유

롭잖아요, 몸이 너무 가벼워.

마루오는 신지에게 바싹 다가선다.

마루오   신짱. 도대체 나한테 뭘 한 거예요?

나루미는 마루오의 행동이 어쩐지 불길해, 신지에 대한 의문

과 불안이 커진다.

13

패밀리레스토랑. 아마노와 사쿠라이가 있다.

사쿠라이   이제 어쩔 거야?

아마노   경찰에 아는 사람 있으면 어떻게 부탁 좀 못 하
나?

사쿠라이   그건 불가능해. 몰래 들어갈까?

아마노   현실성이 없어. 진짜로 그럴 마음도 없지? 세상
에서 제일 성가신 게 경찰이야. 나 험한 일은 안
해.

사쿠라이   지당하신 말씀이네.

아마노   기자라며. 좀 더 융통성 있게 못 하나?

사쿠라이   너도 봤잖아, 보기 좋게 쫓겨난 거. 넌 외계인이
라며? 뭐 없어? 필살기 같은 거. 눈에서 레이저
정도는 나와줘야지.

아마노   눈에서 레이저 안 나와.

사쿠라이	농담한 거야.
아마노	눈에서 레이저 나오는 사람이 있어?
사쿠라이	아쉽게도 본 적이 없네.
아마노	있다는 거야, 없다는 거야?
사쿠라이	없어. 눈으로 레이저 쏘는 사람은 없어.
아마노	그럼 나도 못 해. 인간 몸이 그렇게 생겨 먹었으면.
사쿠라이	울트라맨 본 적 있어?
아마노	있어.
사쿠라이	거기 나오는 외계인은 사정없이 때려 부수던데. 넌 너무 배려심이 많아.
아마노	난 조사만 하러 온 거야. 필요 없는 능력을 가졌을 리 없지.
사쿠라이	그럼 니가 가진 능력은 뭐야?
아마노	아이참, 말했잖아, 개념을 수집한다고. 근데, 덤으로 웃기는 일이 생기더라. 인간은 그걸 잃게 되나 봐.
사쿠라이	그게 무슨 말이야?
아마노	우린 대화를 하다가 모르는 개념이 나오면 질문을 해. 그래서 상대방이 그 개념을 머릿속에 정확하게 그려내는 순간, 그걸 학습하는 거거든. 굳이 말로 안 해도.
사쿠라이	말로 안 해도?

아마노	말로 하면 복잡하잖아. 그 개념을 이해하는 게 목적이니까, 이해 자체를 가져와버려. 그게 우리 능력이야.

아마노　말로 하면 복잡하잖아. 그 개념을 이해하는 게 목적이니까, 이해 자체를 가져와버려. 그게 우리 능력이야.

사쿠라이　그렇구나. 그런데 덤은 뭐야?

아마노　우리가 가져오면, 상대방은 그 개념을 잃어버리나 봐. 완전히.

사쿠라이　개념을 잃어버린다고. …진짜야?

아마노　나 거짓말은 안 해.

사쿠라이　잃어버리면 어떻게 돼?

아마노　그냥 조금 고장 나는 거야.

사쿠라이　개념을 뺏는다. 그건 꽤 쓸모 있겠는데?

아마노　당연하지. 어떤 아저씨가 자꾸 시간 없다, 시간 없다 그러길래 시험 삼아 시간 개념을 뺏었거든.

사쿠라이　그래서? 어떻게 됐어?

아마노　멈추더라. 지금은 천천히 가려나? 아, '천천히'도 시간인가?

사쿠라이　(웃음) 하하하, 농담이지?

아마노　나 농담은 안 해.

사쿠라이　아니, 알았어. 재밌다. 굉장하다, 너. 다 니가 생각한 거야?

아마노　생각한 게 아니야. 사실이야. 못 믿겠으면 믿지 마, 가이드 관둘래?

사쿠라이　아~ 미안. 근데 솔직히, 보여줘야 믿지.

아마노	그래 보여줄게.
사쿠라이	오~ 자신 있나 보네.
아마노	당연하지. 뭘 믿든 자유지만.
사쿠라이	너 자유라는 게 뭔지는 알아?
아마노	알지, 뺏었거든.
사쿠라이	그 사람은 어떻게 됐어?
아마노	글쎄, 자유롭지 않게 됐겠지.
사쿠라이	(웃음) 너 진짜 웃긴다~ 니 가이드하길 잘했어, 이러다 진짜로 영혼 뺏기는 거 아냐.
아마노	그 영혼이라는 걸 아직 잘 모르겠단 말이야. 마음이랑은 다른 건가?
사쿠라이	음~
아마노	아, 생각하지 마. 미안미안. 사쿠라이 씨 건 안 뺏어, 가이드니까.
사쿠라이	오웃! 클 날 뻔했다. 아~ 이제 알겠어.
아마노	그건 다음에 다른 사람한테 뺏어야지.
사쿠라이	알았어, 그럼 이제 니 능력 좀 보러 가볼까?

사쿠라이와 아마노는 병원으로 향한다.

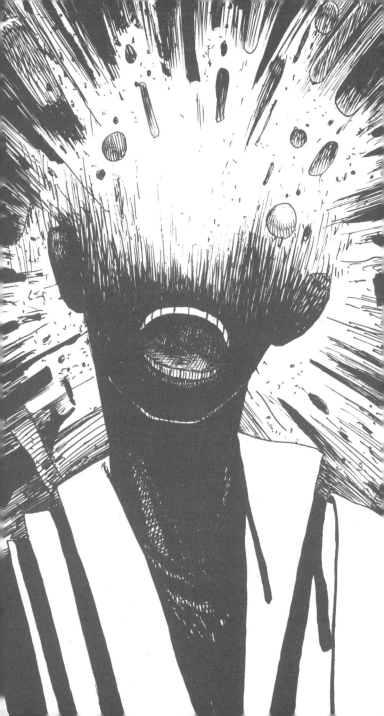

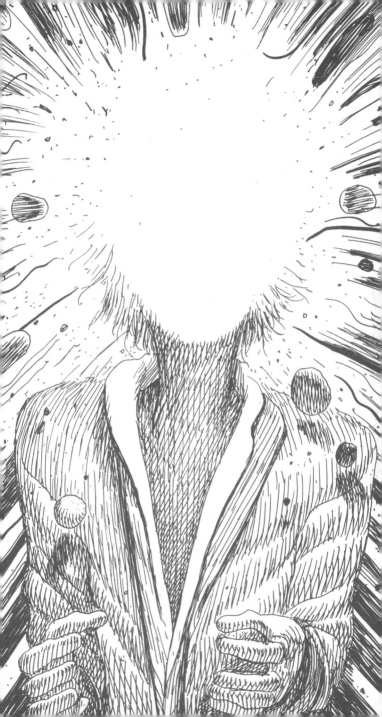

14

병원. 쿠루마다가 등장한다.

쿠루마다   아는 사이였어요?

사쿠라이   네. 이 학생은 아마노라고, 아키라랑 어렸을 때
              부터 친했던 친구예요. 문병 왔는데 면회 좀 허
              락해주시면 안 될까요? 많이 걱정을 해서요. 그
              치?

아마노   응. 아키라가 걱정돼.

쿠루마다   걱정되면 지금은 혼자 있게 해주면 안 될까?

사쿠라이   친구 얼굴 보면 조금이라도 기운이 날 수도 있잖
              아요. 그치?

아마노   응. 아키라한테 힘이 되어주고 싶어.

쿠루마다   나도 니 친구를 생각해서 이러는 거야. 그렇게
              캐릭터 바꾸고 와봤자 안 되는 건 안 돼.

아마노   안 된다는데?

쿠루마다	나도 바빠서 이만.
사쿠라이	잠깐만요. …저희 알거든요, 아키라 깨어났죠?
쿠루마다	누구나 아침에는 깨어나죠.
사쿠라이	계속 자고 있던 거 아니었어요?
쿠루마다	어디서 들으셨어요?
사쿠라이	의식이 있으면 면회를 금지할 이유가 없잖아요.
쿠루마다	그런 사건을 겪은 환자예요. 지금 정상일 리 없다는 걸 가르쳐드려야 알아요?
사쿠라이	정상, 비정상을 떠나, 다른 인격체가 된 게 문제 아니에요?
쿠루마다	무슨 소리를 들으셨는지 모르겠지만, 아무튼 면회는 금집니다.
아마노	아까부터 안 된다고만 하는데 이해가 안 되네. 제대로 된 이유를 대봐요.
쿠루마다	…아까부터 계속 말하잖아요. 정신적 안정을 위해서 면회가 안 된다고.
아마노	그게 왜 면회가 안 되는 이유예요?
쿠루마다	무슨 소리를 하는 건지.
아마노	면회 금지라는 건 명령이잖아요, 왜 당신이 우리한테 명령을 하는 건데?
쿠루마다	그게 내 일이니까.
아마노	명령하는 게 일이라고? 금지하는 게 의사 일이야? 그거 말고 더 중요한 일 없어? 당신 의사라

며.

쿠루마다   환자를 생각해서 판단한 거야. 어른한테 그렇게 말하면 못써.

아마노   또 명령하네? 그렇게 막는다고 환자 살리는 건 아니잖아.

쿠루마다   애는 대체 뭐야?

사쿠라이   죄송한데, 이 학생 말도 좀 들어주세요.

아마노   금지라는 게 도대체 뭐야? 어? 가르쳐줘 봐. 금지해서 환자를 살릴 수 있다며, 당신은 그 의미를 잘 알고 말하는 거지? 어쨌든 그것도 치료인 거니까. 그렇지?

쿠루마다   금지되어 있으니까 금지야.

아마노   그렇게 말하면 초등학생도 이해 못 하지. 하여간 어른들은 생각을 안 한다니까, 다시 한번 잘 생각해봐, 금지가 뭔지, 금지에 관련된 거 다 생각해봐. 그리고 왜 당신은 금지하는지. 당신 어른이잖아. 가르쳐줘. 왜 금지하는 거야, 왜 명령하는 거야?

쿠루마다   나 참, 하면 안 된다고 명령하는 게 금지야.

아마노   사전대로 말하네, 말만 바꾸는 게 무슨 의미가 있어? 잘 좀 생각해봐, 납득이 가면 얌전하게 물러날게.

쿠루마다   그러니까—

아마노　　　그래 그렇게. 오케이, 그거 내가 가져갈게.

쿠루마다의 머릿속에서 금지, 명령에 관한 개념이 상실된다.
어리둥절한 쿠루마다.

아마노　　　어때?

사쿠라이　어?

쿠루마다　엇. (눈물이 난다. 눈가를 누른다)

사쿠라이　왜 그러세요?

쿠루마다　아니, 아무것도 아니에요. 어어, 왜 이러지…

아마노　　　그냥 생리현상이야.

사쿠라이　어?

아마노　　　그래서, 어때? 이제 금지고 뭐고 상관없지?

사쿠라이　뭘 빼앗은 거야?

아마노　　　말에 의미는 없어. 자, 다시 한번 물어봐.

쿠루마다　이런 실례. (눈물을 다 닦았다)

사쿠라이　죄송하지만, 면회 좀 허락해주세요.

쿠루마다　안 됩니다.

사쿠라이　안 된대.

아마노　　　조건반사야. 면회가 뭐였더라? 선생님, 잘하는
　　　　　　　거 한번 해봐. 면회란?

쿠루마다　금지다.

아마노　　　맞았어. 그럼 다시 한번 물을게, 금지란 뭐지?

	왜 금지해?
쿠루마다	…금지니까 금지야.
아마노	그 금지라는 말에 의미가 있어? 의미 같은 건 없지? 안내해줘, 아키라 병실이 어디야?
쿠루마다	안 된다니까, 아무튼 안 돼. 금지야.
아마노	아이씨, 뭐야, 왜 똑같아.
사쿠라이	선생님, 금지가 무슨 말인지 알아요?
쿠루마다	금지는 금집니다. (두통이 온다)
아마노	아아 짜증 나.
사쿠라이	괜찮으세요?
쿠루마다	갑자기 현기증이.
아마노	아 몰라, 더 가보자. 선생님, 금지는 알았고, 당신도 누구한테 명령받은 거지? 누가 금지한 거야?
쿠루마다	내, 내가 금지야.
아마노	뭔 소리야. 내가 누군데?
쿠루마다	나.
아마노	뭐야, 선생님이 주치의야? 그럼 됐네, 허락해줘. 왜 당신은 되고 난 안 돼?
쿠루마다	당연히 안 되지. 아아 그만 가야겠어. 컨디션이 안 좋아. 더는 상종 못 하겠어.
아마노	잠깐만—
쿠루마다	그만 좀 하라고!

아마노	싫어. 왜 당신은 되고 난 안 돼? 나랑 당신이랑 뭐가 달라?
쿠루마다	이름, 얼굴, 나이, 위치, 수입, 전부 달라! 너 같은 망할 놈의 꼬맹이랑은 달라!
아마노	우리 똑같은 인간인데?
쿠루마다	난 너랑 달라!
아마노	아니야! 똑같아.
쿠루마다	아니야.
아마노	그럼 설명해봐, 왜 나랑 당신이 다른지, 더 근원적으로 설명해봐. 알기 쉽게. 마지막 부탁이야, 그것만 가르쳐주면 진짜로 갈게. 당신과 저, 그쪽과 이쪽, 너랑 나, 그 구별, 그 관계, 뭐냐고! 말 좀 해봐!
쿠루마다	…학생—
아마노	진지하게 생각해!
쿠루마다	…
아마노	됐다, 좋아. 그거, 가져갈게.

아마노는 쿠루마다에게서, 자신과 타인의 구별에 관한 개념을 빼앗는다.

다시 한번 쿠루마다는 멍해진다. 아마노는 사쿠라이를 보며 웃는다.

사쿠라이	뭐 한 거야?
아마노	나와 남을 구별하는 개념이랄까. 그렇지? (쿠루마다를 민다)

그 자리에 무릎 꿇는 쿠루마다. 눈물을 흘린다. 구역질이 날 것 같다.

아마노	이건 효과가 있나 본데?
사쿠라이	선생님? 선생님? (쿠루마다를 부축한다)
쿠루마다	윽윽… (소리 내어 운다)
사쿠라이	왜 우세요? 선생님?
아마노	눈물만 나는 거야. 슬퍼서 그러는 거 아니야.
사쿠라이	선생님!
쿠루마다	…아아, 미안해요. 응? 아아, 뭐였더라? 음?
사쿠라이	일어설 수 있겠어요?
아마노	이제 이해가 됐을 텐데. …선생님, 아키라 병실로 가죠. 난 걔가 너무 걱정돼. (아첨을 하듯이)
쿠루마다	아아아, 그렇지. 걱정돼. 가자.
아마노	자, 가볼까?

아마노는 사쿠라이 앞에서 더욱 득의양양해한다.

15

병실. 아키라가 있다. 사쿠라이와 아마노가 온다.

사쿠라이   타치바나 아키라?

아키라   네.

아키라를 지그시 바라보는 아마노.

아키라   누구세요? (아마노를 가리킨다)

사쿠라이   이쪽은 아마노.

아마노   이름이 무슨 상관이야.

아키라   어?

아마노   너도 그렇잖아.

아키라   아.

아마노   역시.

아키라   안녕.

아마노	뭐 하냐, 이런 데서.
아키라	난리도 아니었어.
아마노	신문 봤어. 너 되게 불쌍한 사람 됐더라.
아키라	그래?
사쿠라이	아, 저기, 잠깐만.
아키라	네.
아마노	사쿠라이 씨야, 내 가이드.
아키라	와.
아마노	너, 일 좀 했니?
아키라	하나도 못 했지. 이제부터 해야 돼.
아마노	이제부터 좋아하네.
아키라	왜?
아마노	가이드는?
아키라	있어.
사쿠라이	얘기 중에 미안한데, 저기, 너 외계인이니?
아키라	뭐라구요?
사쿠라이	외계인?
아키라	무슨 말 하는 거예요?
아마노	외계인 맞잖아, 우리.
사쿠라이	동료?
아키라	아~ 네.
사쿠라이	진짜!
아키라	네.

사쿠라이	와 진짜!
아키라	네.
사쿠라이	우와…
아키라	이 사람 뭐야?
아마노	내 가이드야. 일 잘해.
사쿠라이	저기, 그럼, 타치바나 아키라는 맞는데 몸 안에 다른 존재가 있다고 생각하면 될까?
아키라	몸 안에? 처음엔 그거 뭐였지? 물고기?
아마노	금붕어.
아키라	금붕어?
사쿠라이	금붕어?
아마노	처음 여기 왔을 때 금붕어 속에 들어갔거든, 인간이 어떻게 생겼는지 잘 모르니까.
아키라	깜짝 놀랐어. 아, 잘못 들어왔구나. 지금 나 건지려고 하는 거대한 놈들이 이 별의 주인이구나, 그래서 바로 갈아탔는데.
아마노	어떡하지? 아직 금붕어인 애가 있는데.
아키라	설마, 갈아탔겠지.
아마노	아무튼 찾자.
아키라	근데 나 못 나가게 해.
아마노	주치의는 손봤으니까 나갈 수 있을 거야.
아키라	안 돼, 그게 내 가이드든데.
아마노	그래?

아키라	가져갔어?
아마노	응.
아키라	짜증 나. 그럼 어떡해.
아마노	몰라~
아키라	모르면 다야?
아마노	됐어, 다른 가이드 찾아.
아키라	뭐? 그럼 여긴 어떡해?
아마노	사쿠라이 씨가 도와줄 거야.
사쿠라이	아~ 응, 아키라, 그런데 어쩌다 그런 사건이 난 거지? 너희 존재랑 관련이 있는 건가?
아키라	사건?
사쿠라이	이런 말 해서 미안한데, 가족 모두 세상을 떠났잖아?
아마노	왜 그랬냐고?
아키라	나 처음엔, 더 오래된 몸뚱이였거든.
사쿠라이	할머니였다는 얘긴가?
아키라	맞아. 금붕어에서 거기로 간신히 옮겼는데, 뭐가 뭔지 하나도 모르겠더라고.
아마노	인간 몸을 공부하려고 한 거구나.
아키라	숭숭 썰어서 공부했어. 피가 콸콸 나오더라. 처음이니까, 난 전혀 몰랐지. 너무 재미있는데 점점 이건 아니다 싶어서 여기로 갈아탔어.
아마노	죽기 전에 갈아타서 다행이다.

아키라	그런 거야?
아마노	조심해.
아키라	미안해.
아마노	사쿠라이 씨, 질문 또 있어?
사쿠라이	아, 질문이 너무 많아서.
아마노	일단 자리를 옮겼으면 좋겠거든. 퇴원 수속 좀 해줄래?
사쿠라이	그러네, 알았어.
아마노	부탁 좀 할게.
사쿠라이	아마노, 어쩌면 너희 동료 남은 한 명이 누군지 알 거 같아. 나 만났거든, 금붕어 들고 산책하는…

히로키가 들어온다.

히로키	야, 여기서 뭐 하는 거야?
사쿠라이	…그게.
히로키	양심도 없는 놈.
사쿠라이	그런 거 아니야.
아마노	사쿠라이 씨 그만 갈까? 퇴원 수속 해줘.
히로키	잠깐, 너 누구야?
아마노	아마노다. 당신은 누구야?
히로키	학교 친군가? 아키라한테 너만한 친척은 없는

데. 가족 외에 아직 면회는—

아마노	사람이 질문하면 대답을 해야지. 당신 누구야?
히로키	경찰이다.
아마노	… (사쿠라이에게) 어떻게 좀 해봐.
사쿠라이	히로키, 나중에 설명할게.
히로키	야, 여기서 뭐 하는 건데.
아키라	빨리 퇴원시켜줘.
히로키	아키라 양, 경찰에서 왔어요. 경찰에서는, 피해자나 유가족들을 도와주는 프로그램이 있어요. 오늘은 그걸—
아키라	난 지난 일에 얽매이지 않아요.
히로키	네?
아키라	다 나았으니까 신경 쓰지 마세요.
히로키	안 돼요, 아키라 씨.
아키라	오늘 퇴원할 거니까 신경 쓰지 마세요.
히로키	네? 진짜요?
사쿠라이	그런가 봐. 나도 물어봤는데 많이 좋아져서 면회해도 된다 그랬거든. 그치?
아키라	맞아요.

히로키는 사쿠라이를 의심한다.

아마노　먼저 나가 있을게. 뒷일 좀 부탁해. (아키라와 나

(가려 한다)

히로키   잠깐만요.

아마노   본인이 괜찮다잖아.

히로키   아무튼 아직 가면 안 돼.

아마노   또 명령이야. 의사고 경찰이고 참 골치 아프네.

히로키   넌 도대체 누구야? (아마노를 붙잡는다)

아마노   내가 누구든 무슨 상관이야. 도와줘, 가이드잖
          아.

사쿠라이 아키라, 아마노는 니 친구지?

아키라   네. 내 친구예요.

사쿠라이 봐, 히로키. 괜찮아. 그 애 놔줘.

아마노   놔줘.

사쿠라이 아마노, 가만있어.

히로키는 의심스럽지만, 아마노를 놔준다.

사쿠라이 히로키, 진짜야. 아키라 오늘 퇴원해.

히로키   그런 말 못 들었어. 담당 의사한테 확인해야겠
          어.

사쿠라이 알았어. 아마노, 둘이 가서 선생님 모시고 올래?
          알지?

아마노와 아키라는 병실을 나가려고 한다.

히로키   안 돼.

히로키가 따라가려는데, 사쿠라이가 그의 팔을 붙잡는다.

사쿠라이   안 도망가. (아마노에게) 복도에서 뛰면 안 된다~
아마노   네~

아마노와 아키라가 나간다. 히로키는 사쿠라이의 손을 뿌리
친다.

히로키   알아듣게 설명해봐.
사쿠라이   무슨 얘기부터 해야 되나.
히로키   내가 상황 다 설명했지. 한심한 놈. 그딴 쓰레기
            기사나 쓰려고 경찰 관둔 거였어? 너 왜 그래.
사쿠라이   무슨 말인지 알아. 근데 지금 그게 문제가 아니
            야.
히로키   뭐가 아니야. 너 여기서 뭐 하는 거야.
사쿠라이   내 말 좀 들어. 쟤들 평범한 애들 아니야.
히로키   당연히 아니지.
사쿠라이   그게 아니라, 보통 애들이랑 달라.
히로키   뭐가?
사쿠라이   진짜 말도 안 돼.
히로키   그러니까 뭐가.

사쿠라이	완전히 맛이 갔어!
히로키	…너 말 함부로 하지 마.
사쿠라이	나 지금 진지해!
히로키	너 왜 그래?
사쿠라이	난 내 눈으로 본 것만 믿어. 내 눈으로 봤어. 쟤들 평범한 사람이 아니야.
히로키	알았으니까, 자세히 좀 말해.
사쿠라이	쟤들, 인간이 아닐 수도 있어.
히로키	(쓴웃음) 야.
사쿠라이	진짜 봤단 말이야.
히로키	뭐라는 거야.
사쿠라이	못 믿겠지만 근데 정말이야, 내 말 좀 끝까지 들어봐.
히로키	알았어.
사쿠라이	나도 황당한 소린 거 아는데.
히로키	…너 진짜 왜 그래?
사쿠라이	난 멀쩡해. 걱정 말고, 웃지 말고 들어. 할 얘기가 너무 많아.

병실 입구에 쿠루마다가 서 있다. 두 사람은 그를 본다.

16

거리. 확성기를 들고 무언가를 외치는 마루오. 그 모습을 멀리
서 하세베가 보고 있다. 나루미와 신지도 마루오를 보고 있다.

마루오 이 전쟁은 말도 안 됩니다. 여러분, 1분이면 됩
니다, 잠깐만 제 얘기를 들어주세요. 우리 동네
일입니다. 남의 일이 아닙니다. 지금까지는 남의
일이었던 전쟁이 지금 여기서 일어나는 겁니다.
우리 동네가 전쟁터가 될지도 모릅니다. 왜 우리
가 전쟁을 해야 합니까? 왜 이 세상은 전쟁을 해
야 합니까? 전 그 이유를 알고 있습니다.

비행기 굉음에 마루오의 목소리가 묻힌다. 하세베는 나루미
와 신지에게 말한다. 마루오는 그들과 다른 공간에 있다.

하세베 마루오 선배한테 전쟁은 아무 상관도 없는 거였

	어요. 그냥 지루한 일상에서 해방시켜주겠지, 이걸로 전부 뒤집어질 거다, 그 정도였다구요.
마루오	체인지 더 월드!
하세베	축제 같은 거였단 말이에요. 리얼한 전쟁이 아니라. 근데 지금 보세요. 발 벗고 반전 운동을 하고 다녀요.
마루오	힐 더 월드!
하세베	뭘 어떻게 한 거예요? 아저씨 만나고부터 저래요.
신지	난 아무것도 안 했어.
하세베	선배가 그랬어요, 아저씨 만나고 달라졌다고. 지금 역 앞에서 뭐라고 떠들어대는지 알아요? 전쟁은 서로 재산 빼앗으려고 하는 거래요, 남의 거 뺏어놓고 안 뺏기려고 하고. 물욕 때문에 인간은 자유롭지 못하대요.
마루오	저에겐 새로운 세계의 비전이 보입니다. 프롬 더 뉴 월드!
하세베	공산주의지 뭐예요. 공산주의다 뭐다 그거 따지겠다는 게 아니라, 왜 갑자기 이러는지 알고 싶다구요. 도대체 선배한테 무슨 짓을 한 거예요?
마루오	(여기부터 대화에 끼어든다) 신짱은 날 해방시켜줬어.
하세베	도대체 뭐에서 해방을 했냐고!
마루오	그건 상관없어, 날 묶었던 사슬이 끊어졌는데,

이제 와서 그게 뭔지 알게 뭐야.

나루미 …솔직히 말해, 진짜로 무슨 짓 했어?

하세베 세뇌예요. 뭔가를 주입시킨 거예요.

신지 주입시킨 게 아니라, 뺏었어.

하세베 …네?

마루오 신짱, 그 능력이 진짜라면 내 친구를 구원해줘요. 하세베를 해방시켜줘요.

하세베 그만 좀 해요.

마루오 세상 사람들을 구해줘요, 신짱.

하세베 그만하라고요.

마루오 이 세상이 거지 같은 시스템으로 돌아간단 걸 깨달았어.

하세베 토 나와요. 세계평화 어쩌고 하는 놈들 제일 싫어했잖아요.

마루오 아니야, 그런 사람들 무시했던 건 그 말이 너무 크게 다가왔었기 때문이야. 너무 크니까 감당을 못했던 거지. 그래서 관심 없는 척한 거야. 실은 그런 사람들한테 내가 열등감을 느꼈던 게 분명해.

하세베 아무리 그래도 전쟁하지 말라고 여기서 소리 질러봤자 무슨 소용이에요. 뭐가 달라져요? 사람들이 달라져요? 아무것도 안 달라져. 정신 차려요. 이런 동네에서 떠들어봐야 아무 소용없어요.

마루오 그런 생각밖에 못 하는 건 니 머릿속이 한심한

상식들로 꽉 차 있어서 그래. 사슬을 끊어달라고. 해, 신짱한테.

하세베 여기도 곧 전쟁터가 될지도 몰라요. 그럼 당연히 죽는 거예요. 지금 우리가 할 일은 되도록 빨리 이 갑갑한 동네에서 도망치는 거라구요. 아이씨! 저 봐, 저 전투기는 도대체 어디로 가는 거야!

하세베의 목소리를 집어삼키는 비행기 소리.

마루오 이 전쟁을 막지 못하면 그건 다 우리 책임이야. 난 내가 할 수 있는 일을 할 거야. 나 간다, 하세베.

마루오는 확성기를 들고 뛰어간다. 하세베는 그 자리에 남겨진다.

신지 쟤한테 뺏은 게, 아마 '소유'였나? 그런 개념이었던 것 같아. 미안, 다 내 잘못이야.

하세베 …제가 지금 제일 짜증 나는 건 저 선배가 전에 없이 신나게 날뛴다는 거예요. 다시 한번 얘기 해볼게요. 그래도 말이 안 통하면, 제 사슬도 끊어주세요.

하세베는 마루오를 쫓는다.

17

거리. 달려가는 하세베의 뒷모습을 나루미와 신지가 보고 있다.

나루미　신짱. 정체가 뭐야?

신지　음, 나 실은, 외계인이야.

나루미　그럴 줄 알았어.

신지　뭐? 알고 있었어?

나루미　(웃음) 그걸 어떻게 알아.

신지　웃지 마. 진짜야.

나루미　언니랑 그런 얘기 했었어. 꼭 외계인 같다고.

신지　그렇게 외계인 같았어, 내가?

나루미　아니야, 이상한 사람보고 외계인이라고 하거든, 보통.

신지　외계인이라 미안.

나루미　뭘 사과하고 있어. …신짱, 솔직하게 말해줘. 우리 동네에서 유행하는 병 말이야, 신짱 때문이야?

신지	응.
나루미	진짜?
신지	응.
나루미	아니잖아.
신지	진짜야.
나루미	…그럼, 우리 언니 그렇게 만든 것도 신짱이야?
신지	너랑 가까운 사람한테선 안 뺏으려고 했는데, 그 땐 몰랐거든. 언니가 어떤 의미인지. 미안해, 너 한테 소중한 사람인 줄 몰랐어.
나루미	뭘 몰라. 언니잖아! 우리 언니잖아!
신지	미안해.
나루미	…치료하면 낫는 거지?
신지	모르겠어.
나루미	자기가 했다며, 어떻게든 해봐! 할 수 있지?
신지	…고민해볼게.
나루미	어떻게 한 거야? 언제 그런 거 배웠어?
신지	그게 외계인이 하는 일이야.
나루미	외계인 소린 그만해. 신지, 그런 얘기 절대 아무 한테도 하면 안 돼.
신지	알았어.
나루미	꼭.
신지	알았다니까.
나루미	…언제부터 외계인이었어?

신지	축젯날.
나루미	누구랑 갔었어?
신지	회사 사람.
나루미	여자?
신지	응.
나루미	못됐어.
신지	미안해.
나루미	지금 사과한 건 누구야?
신지	어?
나루미	지금 사과한 거 누구냐고.
신지	나.
나루미	신지?
신지	응.
나루미	외계인?
신지	응.
나루미	…어디까지가 진심이야? 아니, 진짜야?
신지	난 거짓말은 안 해.
나루미	맹세할 수 있어?
신지	뭘 걸고?
나루미	신.
신지	맹세해. 신이 뭔지는 잘 모르겠지만.
나루미	그럼 신지는 어디로 갔어?
신지	여기 있어.

나루미	아니, 옛날 신지.
신지	그러니까, 여기 있어.
나루미	아니, 신지 마음은 어디 있냐고.
신지	마음은 없던데? 그냥 의식만 있어.
나루미	의식?
신지	회로를 쓰고 있거든. (자기 머리를 가리키며) 여기에 있는 정보로 내가 가동됐으니까, 나는 신지의 가능성 중 하나야. 난 그냥 작동하는 거야.
나루미	…그게 무슨 말이야?
신지	결론은, 난 신지야. 그리고 넌 나의 아내야. 변한 건 아무것도 없어.
나루미	변했어. …우린 이미 옛날에 끝났었어. 그거 알아?
신지	알아. 그래도 지금은 다 잘되고 있지?
나루미	외계인 덕분이야?
신지	그렇지. 신지는 이렇게도 할 수 있었던 거야.
나루미	…그럼 쭉 이렇게 있어줘.
신지	알았어. 다행이다, 다 이해해줘서. 그럼 가이드로서 대답해줘, 방금 신이라고 그랬잖아. 그거 자주 나오던데, 그걸 딱 설명할 개념을 못 찾았어. 신에 대해 자세히 아는 사람 알아?
나루미	몰라. 일본인은 사람마다 다 다르거든.
신지	내가 신에 대해 물어보면 다들 싫어해.
나루미	당연하지.

신지	왜? 소중한 거잖아.
나루미	뭐라고 물어봤어?
신지	그냥, 신이 뭐라고 생각하냐고.
나루미	무슨 종교 믿으라고 하는 거 같잖아.
신지	어?
나루미	그렇게 하면 안 돼. 우린 소중한 거에 대해서 말하는 거 잘 못해.
신지	그렇구나. 그럼 아직 내가 모르는 게 많을 수도 있겠네.
나루미	악마에 대해 물어보지 그래? 신의 반대가 악마니까.
신지	역시 넌 좋은 가이드야.
나루미	기이드라고 하지 말랬시.
신지	좋은 아내야. 고마워.
나루미	신짱, 이제 산책하지 마. 공부도 하지 마. 들키면 잡혀.
신지	내 일이야.
나루미	하지 마.
신지	안 돼.
나루미	제발.
신지	안 돼.

신지는 거리로 사라진다.

18

거리. 쿠루마다, 히로키, 사쿠라이가 있다.

사쿠라이　선생님, 선생님!

쿠루마다　오, 오오. (쿠루마다는 수첩을 들고 있다)

사쿠라이　괜찮으세요?

쿠루마다　오오.

사쿠라이　선생님은 괜찮아요!

쿠루마다　괜찮아, 오케이, 오케이. 이제 이해가 되는 거 같아.

사쿠라이　자, 거기 앉아요. 선생님이, 거기 앉으시라고요.

쿠루마다　좋아 앉아야지. 그리고, 앉았다.

히로키　…괜찮은 거 맞아?

사쿠라이　흠, 외계인 얘긴 여기까지가 내가 아는 전부야. 그래서―

히로키　아니 일단 외계인부터 난 못 받아들이겠거든.

사쿠라이　이해해. 맞아. 근데 지금은 편의상 외계인이라고 치자구. 어쨌든 아마노가 의사 선생님을 이렇게 만든 건 사실이고, 난 이 두 눈으로 그걸 직접 봤고, 선생님은 바로 맛이 갔어. 그쵸, 선생님? 선생님?

쿠루마다　지금 나 쿠루마다의 증상은 최근 이 동네에 급격히 늘어난 질병의 증상이다. 그 병에 감염되고 만 것이다. 쿠루마다 즉 나는.

사쿠라이　그래요, 아주 좋아지셨네요. 내 말 잘 들어, 그 아마노라는 애랑 얘기하다가 이렇게 된 거야. 그 앤 자기가 외계인이라서 이런 능력이 있는 거래.

히로키　어떻게? 눈에서 레이저라도 나와?

사쿠라이　그런 게 아니야.

히로키　그럼 뭐야.

쿠루마다　외계인인지는 모르겠지만, 그 애가, 나한테 뭔가를 한 건 틀림없어요. 최면술 같은 암시요법일 수 있는데, 그런 복잡한 걸 어린애가 했다고는 믿기 어려워.

사쿠라이　만약에 최면을 걸었다 쳐도 이 동네에서만 피해자가 50명이 넘어. 이거 경찰로서 그냥 두면 안 되는 거 맞지?

히로키　그렇긴 한데, 일단 진정 좀 해.

사쿠라이　어떻게 진정해? 그건 마술이었어. 그 힘이 가짜

라고 쳐, 그럼 그 애랑 아키라 관계는 어떻게 설명할 거야? (히로키에게 윽박지른다)

히로키 알았어, 알았어.

사쿠라이 조사는 해봤어?

히로키 이름 아마노 마코토. 콘린니시 고등학교 1학년. 성적은 중상위권, 취미 브라스 밴드. 가족관계 부모님, 여동생 한 명. 밝은 성격이고, 친구도 많고, 가족들 사이도 좋아. 요즘 세상에 보기 드물 정도로 평범해. 그런데 2주 전부터 이상해졌고, 사람이 바뀐 것 같았대. 친구들을 조사해봤는데 아키라와 아는 사이였을 가능성은 거의 없다고 봐야 돼.

사쿠라이 거봐. 개들 만나고 2초 만에 서로 알아봤어. 그게 연기였다 쳐도, 날 속일 이유가 없어.

쿠루마다 아키라는 사건 이후 쭉 깊은 수면 상태에 있었고, 외부와 연락을 취하는 건 불가능했어요. 말을 맞춰서 병원을 탈출할 계획을 세웠다는 건 있을 수 없는 일이에요.

사쿠라이 맞아요. 확실히 이상해. 자기들이 외계인이라는데, 개들이 벌이는 이 쇼는 누구 보라고 하는 거야? 우리는 아니야, 우린 우연히 등장인물이 된 거뿐이야. 이 이야기 결말이 뭐냐구, 히로키.

히로키 외계인이면, 지구정복인가?

사쿠라이	맞아, 지구가 위험해!
히로키	…너 되게 재밌어 보인다?
사쿠라이	… (장난기 어린 웃음)
히로키	장난하냐, 너.
사쿠라이	(웃음) 아니야, 근데 만약에 진짜로 걔들이 외계 인이면 어떡할 거야? 진지하게.
히로키	나사NASA에 신고해야지.
사쿠라이	야, 진지하게 묻는 거야.
히로키	…미안하다, 난 빠질래.
사쿠라이	알아. 아무도 안 믿을 거야. 경찰에 말해도 소용 없어, 미친놈 취급이나 받겠지. 그래서 너한테 말한 거야. 너밖에 없으니까. 알잖아. …너도 피 해자잖아. 아스미 씨를 그렇게 만들었어.
히로키	…
쿠루마다	어쨌든 그 애들이 원인이고, 걔들은 총 세 명에, 마지막 남은 한 명은 카세 신지 씨일 가능성이 높아요. 여기까지 알고 있는 사람은 아마 나밖에 없을 거예요.
사쿠라이	정정할게요, 우리 셋밖에 없을 거예요. 그쵸, 선 생님?
쿠루마다	맞아요.
히로키	미치겠네.
쿠루마다	당신 아내도 나도, 어떻게든 이 병을 치료할 방

126

법을 알아내야 돼요.

사쿠라이　그거예요, 선생님. 많이 좋아지셨네요.

쿠루마다　아뇨, 노트 안 보면 이렇게 말 못 해요.

히로키　고칠 수 있을까요, 선생님?

쿠루마다　잃어버린 건 어쩔 수 없어도, 비슷한 걸로 보완할 수 있겠죠. 이 상황을 받아들이면.

히로키　선생님은 뭘 뺏겼어요?

사쿠라이　말로 하면 미묘한 차이가 있겠지만, 행동을 규제하는 명령, 또 나와 타인을 구별하는 인칭이 뒤죽박죽됐어요.

히로키　정체성?

사쿠라이　아니 자아는 아니야, 그 구별에 관한 부분인 거같아.

쿠루마다　'나'라는 건 분명히 알아요.

사쿠라이　몸에 배어 있는 습관으로 커버가 되는 부분은 있는데, 그걸 의식하기 시작하면 혼란스러워지나봐. 아까도 횡단보도에서 내가 빨간불이라고 하는 순간, 선생님은 그게 무슨 의미인지 몰랐잖아. '빨간색'이랑 '멈춰야 한다'를 연결 못 시킨거지.

쿠루마다　가만두면 난 신호등마다 무시하고 다닐 거예요. 일단 전부 외우는 수밖에 없어요.

히로키　제 와이프는 인간관계에 관련된 거라 외울 수도

없어요. 감정이 안 따라오니까요.

쿠루마다 그렇겠네요.

히로키 그래도 선생님은 대처를 잘하시네요. 안심이 돼
요.

쿠루마다 아니, 난 심각해요. 정신 안 차리면 머릿속에서
다른 사람 말소리가 들려.

사쿠라이 어젠 내가 말할 때마다 다 자기가 하는 줄 알아
서 고생했어. 선생님은 이젠 무슨 영화를 봐도
감동한대. 모든 사람한테 공감하니까.

히로키 굉장히 좋은 사람이 된 거네.

사쿠라이 꼭 그런 것도 아니야. 니 거 내 거 구별이 없어질
가능성도 있어.

히로키 그건 심각하네.

쿠루마다 조심할게요.

사쿠라이 네, 선생님.

세 사람은 카세 부부의 집으로 향한다.

19

카세 부부의 집. 나루미가 있다. 사쿠라이, 히로키, 쿠루마다
가 와 있다.

히로키　아니, 웃을 일이 아니야, 처제.

나루미　죄송해요. 그런데, 복잡하다는 얘기가 뭔데요?

사쿠라이　네. 음— 이 동네에 갑자기 급증한 병이요, 그 원
인으로 지금 유력한 게, 음— 편의상 외계인이라
고 할게요, 그 외계인이 우리 중에 섞여 있거든
요. 인간의 모습을 하고요. 전 그중에 두 명을 만
났어요, 사람의 탈을 쓴 악마예요. 기분 나쁘게
듣지 마세요, 남편분이요, 카세 신지 씨가 남은
한 명, 세 번째 외계인이에요. 아니, 그럴 가능성
이 있어요.

히로키　…미안, 너무 황당하지.

나루미　정말이에요?

히로키	아냐, 아직 몰라.
사쿠라이	짚이는 거 있죠?
쿠루마다	의심하고 싶지는 않지만, 말씀하신 것처럼 남편분은 회복 중이니까 그 이유를 알고 싶습니다. 좀 도와주세요.
나루미	…자기가 직접 말했어요.
히로키	뭘.
나루미	외계인이라고.
히로키	…어?
사쿠라이	자기가 직접요?
나루미	네.
히로키	진짜?
나루미	외계인 같지만, 신지예요.
사쿠라이	아니에요. 더 이상 남편분이 아니에요.
나루미	그럼 진짜로 외계인이라는 거예요?
히로키	아니—
사쿠라이	네.
나루미	외계인이어도, 그 사람은 카세 신지예요.
사쿠라이	아니라니까요, 카세 신지라는 인격이 점령당한 거예요.
나루미	기억도 다 있어요.
사쿠라이	아니, 네. 알았어요. …그래도 거의 확실하네요, 세 번째 외계인은 카세 신지예요.

나루미	잠깐만요, 아직 모르는 거잖아요. 그죠, 형부?
히로키	…직접 물어보자.
쿠루마다	남편분이 매일 산책가신댔죠? 나가서 뭘 어떻게 배워오는지 들은 거 없어요?
나루미	자세한 건 몰라요. 정말로 신지가 원인이에요? 증거 있어요?
쿠루마다	유감입니다만, 그럴 가능성이 큽니다.
사쿠라이	나루미 씨, 신지 씨 성격이 바뀌고부터 누구 같이 다니는 사람 없었어요? 행동을 같이하는 사람이요.
나루미	아니요, 없는 거 같은데요.
사쿠라이	진짜요? 산책하러 나가서 누구랑 만나는 것도 본 적 없어요? 외계인들은 가이드라고 하면서 자기 보호자를 만든대요. 짚이는 거 없어요?
나루미	…
사쿠라이	있을 거예요. 가이드랑 얘기하는 게 제일 빨라요. 인간이니까. 무슨 목적으로 이러는 건지는 몰라도, 만나서 서로 아는 걸 공유해야 돼요. … 생각나는 거 없어요?
나루미	…
사쿠라이	제발요.
나루미	(고민하다가) …저.
사쿠라이	네.

나루미	제가 가이드예요.
사쿠라이	뭐라구요?
히로키	그 얘길 왜 이제 해!
나루미	그게 그런 건지 상상이나 했겠어요!
사쿠라이	그런 얘기까지 들었으면서 어떻게!
나루미	저도 얼마 전에 들은 거예요! 이런 얘길 누구한테 해요! 신지는 그냥 평범한 사람이고, 절대 악마 같은 거 아니란 말이에요!
쿠루마다	아니란 말이에요!

모두, 갑자기 소리를 지르는 쿠루마다를 본다.

사쿠라이	진정하죠. 선생님 착각하시니까.
쿠루마다	이런 실례.
사쿠라이	괜찮아요. …그럼, 알았어요. 얘기가 빠르겠네. 저도 가이드예요. 외계인 가이드는 우리밖에 없어요. (히로키와 쿠루마다에게) 어떻게 생각해요? 아무 관계도 없는 세 사람이 이렇게까지 똑같은 얘기를 할 수 있어요?
히로키	…신지 씨 어딨어?
나루미	지금 산책하러.
사쿠라이	안 되는데, 아마노랑 아키라 만나면 안 되는데. 이젠 신지 씨 밖에 못 나가게 하세요.

나루미	어떻게 그래요, 강아지도 아니고.
쿠루마다	그럼 지금도 돌아다니면서 개념을 모으고 있겠네요.
나루미	그러고 있겠죠.
사쿠라이	나루미 씨, 그러면 안 돼요. 생긴 건 진짜 남편 같겠죠. 그런데 아니에요. 그놈들이 하는 짓은 범죄라구요, 공범자가 되면 안 돼요.
나루미	그럼 어쩌라고요!
사쿠라이	그걸 같이 고민하자고요. 우선, 대화를 하고 싶어요. 그놈들 속을 알고 싶어요.
나루미	신지는 이제 체포되는 거예요?
히로키	그건 아직 모르는 거야.
나루미	…못 하게 할게요. 제가 못 하게 할 테니까 시간을 주세요.

신지가 들어온다.

신지	안녕하세요, 우리 집에 웬일로 손님인가 했더니 다 아는 얼굴이네. 어쩐 일이에요, 다들?
사쿠라이	…저 기억나요?
신지	그럼요. 파출소에 데려다줬잖아요. 차는 혼다 '피트', 렌터카 맞죠. 그때 고마웠어요. 아, 형님, 안녕하세요. 선생님, 일부러 여기까지 오신 거예

요? 저 이제 괜찮아요. 죄송해요, 재검사 못 가서. 알지도 못하면서 검사 안 가고 그러면 안 되는데, 죄송해요. 나루미, 차 좀 내오지?

신지의 언변은 유창하며, 응대하는 행동거지도 자연스럽다. 그의 이런 변화에 사쿠라이와 쿠루마다는 눈이 휘둥그레진다.

쿠루마다 말도 안 돼. 완전히 다른 사람이야.

신지 선생님 덕분이에요.

쿠루마다 정말로 '학습'을 했네요.

신지 네?

사쿠라이 외계인 맞죠?

신지 농담하시는 거예요?

사쿠라이 숨기지 않아도 돼요. 개념을 빼앗는 외계인, 맞죠?

신지 …말했어?

나루미 안 했어.

신지 혹시 저 말고 두 명에 대해 아는 거 있어요?

사쿠라이 두 명이요?

신지 …당신 혹시, 가이드야?

나루미 그렇대.

사쿠라이 저기요!

신지	그렇구나. 어디 있는지 가르쳐줄래?
사쿠라이	안 돼요.
신지	…뭐 됐어. 걔들도 나 찾고 있을 테니까.
히로키	너 누구야?
신지	신지예요.
사쿠라이	외계인이잖아!
신지	그럼 어쩔 건데요? 외계인이라고 해봤자 아무도 안 믿잖아요. 우리한테 아주 고마운 단어예요. 당신처럼 외계인이라는 말 진지하게 쓰는 사람 별로 없어요. 아 그럼 칭찬해줘야 되나?
사쿠라이	이제야 외계인스럽네.
신지	(웃음) 정말?
사쿠라이	차라리 잘됐어, 그 두 명보다는 말이 통하겠어.
히로키	정말 아스미를 그렇게 만든 게 신지 씨야?
신지	죄송해요.
히로키	뭘 한 거야?
신지	개념을, 뺏었어요.
히로키	근데 개념이란 게… 니가 무슨 짓을 한 건지 알아?!
신지	알아요. 이해했거든요. 그런데 뺏어오기 전에는 몰랐단 말이에요.

히로키는 반사적으로 멱살을 잡는다. 그러나 충동을 억누르

고, 뿌리친다.

히로키	처제, 이놈 신지 아니야.
쿠루마다	어떻게 하면 원래대로 돌아가요?
신지	몰라요, 복사해오는 줄 알았지 아예 뺏어버리는 건지 몰랐어요.
히로키	그게 뭔 소리야, 야, 너 자꾸 헛소리할래!
신지	진심으로 죄송해요.
히로키	야!
나루미	고칠 수 있지? 고민한다며. 꼭 고쳐줄 거예요. 할 수 있지? 시간을 좀 주세요.
신지	시간은 별로 없어.
나루미	어?
신지	성과가 충분히 나왔어, 슬슬 끝내야지. 이대로 계속 가면 안 되잖아.
나루미	끝을 내다니?
신지	음, 쉽게 말하면 내 세계로 돌아가야지.
히로키	야, 너 지금 뭐라는 거야?
나루미	잠깐만. 당신 신지잖아. 신지는 어떻게 돼?
신지	끝나.
나루미	끝나다니, 원래 신지로 돌아오는 게 아니고?
신지	내가 그랬지? 지금 여기 이러고 있는 게 나야, 몸도 마음도 다 나야.

나루미	무슨 말인지 모르겠어.
신지	금붕어로 확인했어. 몸에서 나오면 멈추더라고.
	다른 말로 하면… 죽어.

나루미는 충격을 받는다.

잃어버린 개념을 되돌릴 수 없다는 사실에 히로키와 쿠루마 다는 괴로워한다.

사쿠라이는 자기가 무언가 할 수 있는 일이 없는지 고민한 다.

20

해안. 마루오와 하세베.

마루오   맑은 날은 2층 창문에서 바다 건너 대륙이 보이
거든, 실루엣으로. 오랜만에 세계 지도를 봤어.
겨우 요만한 거리더라.

하세베   뉴스 봤어요? 그 요만한 거리 한가운데에 잠수
함이 있대요. 적들 잠수함.

마루오   정부 발표였어?

하세베   알게 뭐예요. 선배 뭐 할 말 없어요? 잠수함이라
니까요. 미친 미사일이 실린 잠수함이요.

마루오   〈특전 U보트〉〈붉은 10월〉〈크림슨 타이드〉, 잠
수함 영화 중엔 명작이 많지.

하세베   맞아요! (기뻐한다)

마루오   하세베, 전쟁의 씨앗은 평화라는 땅에서 제일 잘
자라, 당연한 거야. 평화란 곧 전쟁의 준비니까.

그래서 국가는 열심히 군대를 키우고, 우리는 매
일 밤 전쟁 영화를 보는 거야.

하세베   그럼 그냥 즐겨요, 영화 속으로 들어온 거니까.

마루오   그래 나 즐기고 있어. 넌 날 부정하지만, 즐기는
방식만 놓고 보면 니가 잘못 생각한 거야.

하세베   왜요? 평화니 데모니, 우리 타입 아니잖아요.

마루오   뭘 모르네.

하세베   선배가 모르죠.

마루오   평화로운 나라에서 세계평화를 부르짖는 건 촌
스럽지. 근데 지금 전쟁 중이야, 이 나라.

하세베   전쟁은 바다 건너에서 하잖아요.

마루오   아직은 그렇지. 그래도 이 나라가 전쟁 중이란
건 사실이잖아. 전쟁 중인 나라에서 전쟁을 부르
짖는 것도 촌스러운 거 같지 않아? 이럼 논리적
으로 말이 되나?

하세베   억지예요.

마루오   근데 이게 리얼이야, 이게 멋있는 거고. 아무리
생각해도 우리가 전쟁을 할 이유가 없어. 틀린
건 틀렸다고 말을 해야지, 아님 더 큰 일 나. 타
입이 아니면 어때, 부끄러울 거 없어.

하세베   아무리 그래도 저 설득 안 당해요.

마루오   이리로 와. 우리 한번 정신 차려보자.

하세베   근데 선배가 그렇게 된 건 신장 덕분이잖아요.

마루오	맞아, 너도 만났지?
하세베	근데 내 사슬은 여전하네요, 불공평해요.
마루오	끊어달라고 해.
하세베	선배는 쥐뿔도 모르면서 소유재산이 어쩌고 떠들었죠.
마루오	그게 무슨 소리야?
하세베	선배는 소유라는 개념 자체를 잃었어요.
마루오	어?
하세베	그렇다고 공산주의자가 되는 건 너무 단순해.
마루오	무슨 소린지 모르겠어.
하세베	선배가 열심히 부정하는 소유재산이 뭔지 선배는 모른다고요!
마루오	그래도 상관없어.
하세베	이해도 못 하면서 뭘 하라 마라예요.
마루오	니 말이 맞다면, 그건 분명 애초에 사회에 필요 없는 걸 거야. 왜냐면 그걸 잃어버린 나는 이렇게 세계를 부정하고 있으니까.
하세베	근데 그걸 이해 못 하면, 본질적인 건 아무것도 모르는 거예요.
마루오	너 아까부터 무슨 말을 하는 거야?

하세베는, 소유에 대한 이야기가 나오면 마루오와 대화가 안 된다는 사실을 깨닫고 절망한다.

하세베	…아무것도 아니에요.
마루오	너 나 부럽지?
하세베	(웃음) 어쩌면요.
마루오	사슬을 없애달라고 해, 신짱한테.
하세베	아니에요, 지금도 충분히 따라갈 수 있어요.
마루오	정말?
하세베	선배가 잃어버린 건, 제가 어떻게든 해볼게요.
마루오	너 믿는다.
하세베	갈까요?
마루오	우리가 할 수 있는 걸 하자.
하세베	네.

비행기 핑음. 마루오와 하세베가 걷기 시작한다.

21

길모퉁이. 신지를 데리고 가던 나루미, 히로키, 사쿠라이는 아마노와 아키라를 만난다.

아마노   얼마나 찾았다고. 일은 잘돼?

신지   네. 수고들 하십니다.

아마노   수고.

아키라   수확은?

신지   잔뜩 있지요.

아키라   와~ 뭔데, 뭔데.

아마노   우린 망했어.

아키라   할 수 없지.

신지   어땠는데요?

아마노   우리 거 합쳐보면 완벽하지 않을까? 요즘은 다 겹쳐.

신지   저도요.

아키라	우리 쌓인 거 얘기하러 가자.
나루미	잠깐만.
아마노	뭐야?
나루미	가면 안 돼, 신짱.
아키라	이 여자 뭐야?
신지	내 가이드요.
나루미	가이드 아니잖아!
신지	나의, 아, 아내예요.
나루미	자신 있게 말해.
아마노	그럼 같이 가자, 가이드니까. 사쿠라이 씨도 가, 차 대기시켜.
히로키	안 돼. 너희한테 물어보고 싶은 게 많아.
아마노	어? 너만 관계자가 아니네. 저리 가, 경찰.
히로키	그렇게 우습게 보다가 큰일 난다. 맘만 먹으면 니들 다 체포할 수도 있어.
아마노	무슨 죄목으로?
히로키	뭐든 갖다 붙이면 되지.
아마노	그게 가능해?
히로키	가능해.
아마노	누굴 속이려고, 말단 주제에.
히로키	너 까불지 마라. 아무튼, 얘기 좀 해야겠으니까 같이 가자.
아마노	싫은데. 그거 임의동행이지? 우리가 뭐 훔쳤어?

개념을 뺏으면 안 된단 법이 있어? 그래, 있다 쳐, 증거는?

히로키   니들이 약 먹었지? 외계인이라고 말도 안 되는 소리하면서.

아마노   멍청하긴, 증거가 나올 리가 없어.

히로키   안 나와도, 이 동네 주민들이 다 증인이야.

아마노   그게 증거가 돼? 증거라는 게 뭔데? 어? 증거가 뭐야?

히로키   증거?

사쿠라이   생각하지 마. 대답하면 안 돼.

아마노   …방해하지 마, 사쿠라이 씨.

사쿠라이   미안한데.

아마노   왜 그래?

사쿠라이   …아마노. 나 가이드 그만두면 안 돼?

아마노   왜?

사쿠라이   처음엔 그냥 니가 재미있었어. 단순히 별난 앤 줄 알았거든. 그런데 지금은 아니야, 너희한테 함부로 외계인이란 단어를 부여해주면 안 될 것 같아.

아마노   그냥 외계인이라니까.

사쿠라이   외계인은, 있으면 안 돼.

아마노   여기 있잖아.

사쿠라이   아아, 이제 외계인이라고 못 하겠어. 못 웃겠어.

대체 니들 뭐야?

아마노   뭐야, 갑자기.

사쿠라이   …히로키, 얘들 바로 구속하는 게 좋을 거 같아.

아마노   못 해, 외계인을 체포하는 법은 없어.

사쿠라이   침략한다는 소리 듣고 그냥 넘어갈 수는 없잖아.

아마노   아무도 안 믿는다니까, 우리가 침략한다 그래도.

사쿠라이   침략할 거잖아. 그러려고 조사하는 거잖아. 히로
              키, 억지로 구속시켜야 돼. 타이밍 놓치면 안 돼.

히로키   사쿠라이, 일단 외계인인지 아닌지는 나중에 생
              각하자.

사쿠라이   최악의 상황을 가정해야지. 제발, 돌이킬 수 없
              는 일이 일어날지도 모르는데, 아니면 쪽팔리니
              까 그냥 가만있자는 거야?

히로키   알았으니까 진정 좀 해.

사쿠라이   뭘 알아! 넋 놓고 있다가 전쟁 난 거 봐, 또 넋 놓
              고 있다가 침략당해. 우리 문제라고! 외계인이라
              니 황당하지, 그래, 그래도 누구 한 명은 진지해
              져야 진실을 밝히지. …알았어, 됐어, 내가 이번
              에 한번 정신 차릴게. 야, 외계인! 니들 목적이
              뭐야! 지구 침략하는 걸 우리가 가만두고 볼 것
              같아?

아마노, 자못 외계인스러운 몸짓으로 말한다.

아마노	잘도 간파했군. 우리는 지구를 침략하러 왔다. 니들은 우리 발끝도 못 따라와. 전쟁 나면 3분도 못 버틸걸. 잘 가라, 인류야. 울트라맨은 차가 막혀서 늦는댄다.
아키라	(웃음) 하하하하…
사쿠라이	아마노. 도대체 뭐가 진실이야?
아마노	정신 차려도 돼. 부끄러워하지 마. 니들 너무 태평해.

사쿠라이는 아마노에게 달려들어 목을 조른다.
히로키는 당황해서 사쿠라이를 말리고, 힘으로 둘을 떼어놓는다.

| 히로키 | 야! 너 뭐 하는 거야! |
| 사쿠라이 | 일이 터진 다음이면 늦는다고! |

아마노는 괴로운 듯 기침을 한다.

| 히로키 | 너 지금 애 죽일 뻔했어. |
| 사쿠라이 | 앤 사람이 아니야. |

나루미는 사쿠라이의 행동에 겁을 먹고, 신지 손을 잡고 도망치기 시작한다.

사쿠라이　　어! 거기 서!

히로키는 사쿠라이를 막는다. 나루미와 신지는 도망치고, 아마노는 일어선다.

아마노　　이제 철수하자. 일이 성가시게 돌아간다.
아키라　　진짜? 가기 전에 나 일 조금만 하면 안 돼?
아마노　　이 동네 벌써 다 거덜 났어.
아키라　　빈손으로 가면 좀 그렇잖아.
아마노　　맘대로 해.

아마노가 사쿠라이를 본다.

아마노　　친군 줄 알았는데.

아키라와 아마노는 따로따로 퇴장한다.
히로키는 주저앉아 있는 사쿠라이에게 손을 뻗는다. 두 사람은 신지와 나루미를 쫓아간다.

22

해안. 나루미와 신지.

신지   미안, 침략한단 말 미리 못 해서.

나루미   그런 얘긴 좀 더 높은 사람한테 해야지. ···근데
         어떻게 하는 거야?

신지   뭐가?

나루미   침략.

신지   나도 잘 몰라.

나루미   긴장이 너무 풀어진 거 아냐?

신지   그러니까, 난 이제 돌아갈 거야. 지금까지 정말
         고마웠어.

나루미   안 돼.

신지   결국 그렇게 될 거야. ···근데, 너가 마음에 걸려,
         걱정돼.

나루미   그럼 신짱도 여기 남아.

신지	그건 안 돼.
나루미	그럼 내가 신짱 따라갈까?
신지	그건 더 안 돼.
나루미	그럼 어떡해? 이렇게 헤어져?
신지	아니, 어떻게, 다른 방법이 없을까?
나루미	침략할 마음은 있어?
신지	응, 그냥 좀.
나루미	뭐야 그게. …신지는 대체 뭐였어?
신지	그냥 한 인간.
나루미	외계인이라며.
신지	그런데 난 신지가 쌓아온 정보를 통해서 존재해. 조금씩 기억이 스며들었어. 처음엔 그냥 정보였던 게 내 경험으로 즐길 수 있게 됐어. 그래서 옛날 얘기 하면서 진심으로 웃을 수 있었어.
나루미	난, 성격이 바뀐 신지를 보면서, 예전이랑 똑같은 진짜 신지라고 생각했어, 솔직히 예전의 신지보다 좋았어.
신지	그래. 맞아. 나도 좋아. 아니, 그거에 가까운 감정이 들어.

신지는 그 감정에 적절한 단어를 찾지 못해 안타깝다.

나루미	맞다, 신짱. 사랑이라는 개념은 뺏었어?

신지	아아, 그거. 상당히 궁금했는데, 그것도 다들 말을 잘 안 해주더라고. 왜 그러지?
나루미	(웃음)
신지	왜?
나루미	부끄러워서 그랬을 거야.
신지	왜?
나루미	부끄럽거든. 아무도 안 보는 데 아니면 말 안 할걸?
신지	그런 거야?
나루미	커플끼리도 사랑이라는 개념에 대해 서로 잘 얘기 안 해. (웃음) 맞아, 안 하지. …근데 신짱은 분명히 갖고 있어, 그 감정을. 사실 말은 상관없어. 그래도 신짱은 모르는 줄 알겠지, 그 개념이 없으니까.
신지	…그런가? 그거 그렇게 중요한 거야?
나루미	그럼, 아까 걔들도 그건 절대 못 뺏을 거야.
신지	정말? 그럼 가기 전에 그거 뺏어야겠다, 잠깐 갔다 올게.
나루미	잠깐만!
신지	어?
나루미	안 돼. 길에서 만나는 사람한테는 절대 못 뺏어. 자기가 알아차릴 수 있게 사랑의 이미지를 떠올릴 사람은 나밖에 없어. …나한테서 뺏어가.

신지　　…안 돼. 가이드 건 안 뺏어.

나루미　지금 신짱한테 그거 줄 수 있는 사람은 나밖에 없어.

신지　　왜?

나루미　뺏고 나면 알 거야.

신지　　…안 돼.

나루미　괜찮아.

신지　　…

나루미　알았으면 좋겠어. 가기 전에 자기가 그걸 알았으면 좋겠어.

신지　　왜?

나루미　그냥 그렇게 해줘. 신짱, 죽는다며. 가면 죽는 거라며? 괜찮아, 일석이조잖아, 자기 마음도 알고, 내 마음도 알게 될 거야. 그리고 난 신짱이 없어도 슬퍼하지 않게 돼. 그런 거 맞지? 사랑이 뭔지 모르게 되는 거니까. 그게 제일 좋은 거잖아.

신지　　무슨 말을 하는 건지 모르겠어.

나루미　그냥 해줘. 준비됐어. 머릿속이 그걸로 가득 찼어. 대화도 필요 없고, 질문도 필요 없어. 말은 아무 상관없어.

신지　　안 돼.

나루미　해줘.

신지　　…알았어. 정말 괜찮아?

나루미	응. 그거 가지고 빨리 가.
신지	…알았어.

나루미의 몸이 굳는다. 눈물이 흐른다.

신지	어, 왜 그래? 나루미. 아직 아니야, 아직 안 뺏었어.
나루미	하하, 하하, 무서워, 너무 무섭다 이거. 아이참, 빨리 해.
신지	…정말로 괜찮은 거지?
나루미	빨리 해!
신지	고마워. 그거, 가져갈게.

나루미의 머릿속에서 사랑이라는 개념이 상실된다.
동시에 신지는 자신의 감정이 사랑이라는 것을 알게 된다.
나루미는 공포로 혼란스럽다. 신지는 나루미를 끌어안는다.

신지	나루미, 끝났어! 이제 다 끝났어!
나루미	…어?
신지	끝났다. 끝났어, 고마워.
나루미	아. (눈물을 닦는다) …어? 하하. …나 뭘 잃은 거지?
신지	사랑.

나루미　알아 그건.

신지　넌 단어만 알고 있는 거야. 이제 알았어. 너한테 제일 소중한 걸 빼앗았어.

나루미　…그렇구나. 괜찮아. 나 아주 말짱해. 하하…

나루미는 자신이 잃은 것이 무엇인지 모른다.

신지는 이제야 알게 된 사랑을, 나루미와 공유할 수 없다는 사실에 절망한다.

나루미　어머. 왜 그래, 신지? (웃음) 버림받는 건 나야.

신지는 통곡한다.

나루미는 신지의 슬픔을 이해하지 못한다.

사쿠라이와 히로키가 등장해, 나루미와 신지를 발견한다. 곧 마루오와 하세베가 뛰어온다.

마루오　신짱. 좋은 생각이 떠올랐어요. 텔레비전, 라디오, 인터넷 다 써서 개념을 빼앗아주면 안 돼요? 국가, 재산, 인종, 종교? 잘 모르겠는데, 대충 이런 거 뺏으면 전쟁 멈추지 않을까요? …내 생각 어때요? 신짱.

신지는 아무런 반응도 하지 않는다.

사쿠라이　　그거 괜찮은 생각 같은데요. 지금 전쟁할 때가

　　　　　　아니니까. 더 큰 사건이 터질 거거든요.

마루오　　무슨 사건이요?

히로키　　전 세계가 똘똘 뭉치지 않으면 다 박살 날 사건

　　　　　　이요.

하세베　　재밌겠는데요?

사쿠라이　　해보죠. 언론 쪽엔 제가 연락해볼게요.

나루미　　안 돼요. 신짱은 외계인이에요. 침략을 하는 쪽

　　　　　　이잖아요.

신지는 일어선다. 모두 신지를 본다.

신지　　　…근데 이젠, 뭐가 뭔지 잘 모르겠어.

신지는 미소를 짓는다.

암전. (끝)

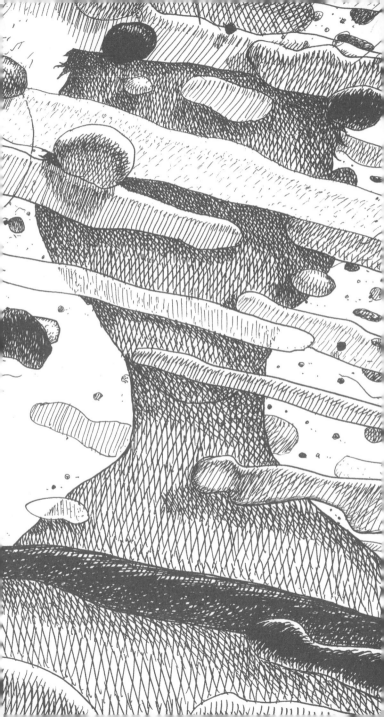

산책하는 침략자

1판 1쇄 펴냄 2019년 8월 14일
1판 2쇄 펴냄 2023년 4월 17일

지은이 마에카와 도모히로
옮긴이 이홍이
그래픽 최재훈
펴낸이 안지미

펴낸곳 (주)알마
출판등록 2006년 6월 22일 제2013-000266호
주소 04056 서울시 마포구 신촌로4길 5-13, 3층
전화 02.324.3800 판매 02.324.7863 편집
전송 02.324.1144

전자우편 alma@almabook.by-works.com
페이스북 /almabooks
트위터 @alma_books
인스타그램 @alma_books

ISBN 979-11-5992-262-6 04800
ISBN 979-11-5992-244-2 (세트)

알마는 아이쿱생협과 더불어 협동조합의 가치를 실천하는 출판사입니다.